死鬼萬事屋

姬雪 著

前世的懊悔，帶著他來到她的身邊。

第一章

天空蒙上一層灰，要下雨了，南朵延的心情也是。

「很遺憾告知妳，妳在實習期間表現不及格，所以無法轉為正職，今天下班以後就不用再來公司了。實習期間的薪資，人事部……」

呵，眞是虛僞呢。再也聽不下去，南朵延扭頭看向窗外，大人們的謊話比即將落下的雨點還要多，簡單一句「表現不及格」就讓她兩個月來的努力付諸流水。

南朵延體型嬌小又長了一張可愛臉蛋，原本單憑外表應該就能得到很多優待，但大多人接觸過她以後，都因爲各種與她本人個性無關的事而疏遠她。

如果運氣也有分等級的話，南朵延絕對是地獄級的倒霉蛋，明明出門前聽氣象預報說一整天都會是明朗的天氣，然而現在卻要下雨，她根本沒有準備雨傘。她低頭，看到自己原本洗刷得白白亮亮的鞋子，鞋頭已沾上泥巴——都怪她多管閒事！

一想起上班前發生的事，她就感到忿忿不平。上班途中，她發現一群小學生在公園欺負另一個小學生，本來想直接走過不理會，想了想又放心不下。

曾經，她被同學霸凌的時候，幸運有不認識的學長插手替她出頭……萬一沒人爲那個小孩出頭，他不就很可憐嗎？

折返小公園時，見那群小學生即將圍毆揍人，情急之下南朵延沒想太多就衝過去，試圖護住被欺負的小學生。

結果，她不僅被意外推進花圃，英雄救小孩的情節也沒發生，因爲小學生們只是在模仿前一晚的八點檔劇情。遠處的家長見狀前來關切，誤以爲她欺負小孩子，把她罵到臭頭。

南朵延本來以爲她一天的倒霉額度差不多用完了，但這天似乎特別倒霉。她匆匆忙忙趕上公車的時候，她的卡拍在感應器上沒有聲響，低頭一看，「炫廷歐膩，妳怎麼在這裡！」從口袋裡掏出來的是一張偶像小卡，並非悠遊卡。

爲了避免阻礙別人上車，她只能耷拉著腦袋尷尬下車，急忙回頭沿路尋找。最後她在花圃找回，只是悠遊卡上面多了一泡黃色的液體，不遠處的狗正對著她燦笑。

她隔著面紙撿起悠遊卡，擦乾後認命地拿著卡跑回公車站。當天晚上回家，她甚至發現衣服背後破了個小洞，正是撿卡時被植物勾破的，如果當下就察覺到，在等公車時怕是已經委屈得哭了吧……不過這都是後話了。

錯過一班公車，南朵延趕到公司大樓時已經快要遲到，好不容易擠進電梯，電梯卻發出刺耳的超重警告，她一個不到五十公斤的人，竟然被超重警告……最後只能咬咬牙，快步爬上八層樓梯。

她排除萬難上班，結果換來什麼呢？實習期未滿就被辭退。

南朵延垂頭喪氣地離開主管辦公室，經過茶水間的時候，再次聽到自己成爲同事們八卦話題的主角。

「你看，她就是跟空氣講話嘛！」

「不對不對！我跟她聊過天，她應答很正常，所以不是神經病，絕對是撞鬼了！你都不知道，那天我只是跟她聊了一下，就覺得好像有什麼跟著我回家，還好我住的社區門口有兩座很大的銅像鎮守，經過銅像之後那感覺才消失。」

「眞的假的？看來會計部妹子說的話也是眞的，只要跟她接觸就會觸霉頭。」

「觸霉頭算是小意思，萬一惹鬼纏身才是大條！」

「虧她長了一張可愛的臉，結果攏是衰尾腳數……」

大家都以爲自己掩飾得很好，以爲她不知道公司裡流傳著的故事。她失笑，看來不去當演員都浪費了她出眾的演技——裝傻裝得太完美。

他們圍觀著一部手機，螢幕上是南朵延前段時間出現在逃生梯的監視器錄影。從影片流出，到全公司的人都把她當作怪咖，僅僅花了兩天時間。而後她不僅突然間就被踢出進行中的專案小組，也沒有前輩願意再指導自己，其他實習生陸續收到轉正通知，只有她被排擠在外。

最後，她只收到了要她收拾包袱走人的通知書。

南朵延面無表情地坐在轉椅上，看了眼卡著紙的印表機……她不過是想列印交接工作的清單而已。

她索性明目張膽地瀏覽求職網站，爲找尋下一份工作努力。那些只敢在背後說她壞話的人們見狀大概也不敢攔阻她，畢竟她可以放話讓小鬼糾纏對方。

其他人都忙得不可開交，只有南朵延悠然地收拾個人用品，她的物品很少，少到連紙袋都不需要，可以通通收進背包。

走到大樓大門的南朵延看著天空嘆了口氣，還是下雨了。不遠處有家便利商店，她只瞥了一眼，沒有買雨傘的打算。

一個約莫八、九歲的小男孩，一看到南朵延出現便笑逐顏開，馬上朝她奔去。

「姐姐！我今天有乖乖聽妳說的話，沒有進去找妳喔。就知道妳沒帶雨傘，我已經準備好了，就在那邊。」小男孩指著不遠處的角落。

南朵延充耳不聞，逕自往雨中走去。

「姐姐？」小男孩著急地跟在南朵延身後，「姐姐不要淋雨，淋雨會生病。」

南朵延就像街上其他撐著傘行色匆匆的路人一樣，沒有發現小男孩的存在。

附近一棟大樓的天臺，兩個高大背影的視線望著另一棟大樓的天臺，那棟大樓的天臺和底下，難得熱鬧。

警方在那棟大樓樓下圍起了封鎖線，截斷了急著回家的人們的去路，引來人群鼓譟。一名路人往天臺看去，大吃一驚，依稀瞧見一雙腿掛在天臺邊緣——有人危坐在大樓邊緣意圖輕生，警察們正在極力勸阻。

實際上，坐在大樓邊緣的，還有一隻抱有大怨念的惡鬼，以及兩名鬼差。惡鬼附身在活人身上，正打算跟那個人同歸於盡。

鬼差嘗試遊說：「你生前做過很多善事，累積很多功德，下輩子可以投胎到好人家，爲了這個人而放棄其他善緣，太不值得了！離開這個人，不要做傻事。」

惡鬼聞言，非但沒有離開那活人的身軀，還用雙手調整了坐的位置，更靠近邊緣、更危險。

「下輩子？下輩子有什麼用？我的保險金是給我老婆和兒子的，我辛苦大半輩子，只盼著老婆、兒子能過上好日子。就是這個爛人把我所有錢都騙走，他們才會過得那麼苦！」惡鬼回頭看了鬼差一眼，表情滿是忿恨。

「馬上從這人身上離開！」

「別！」

兩名鬼差幾乎是同時間喝止，卻無法阻止惡鬼縱身一躍。

「還看什麼，下去收魂吧。」

「本來收一個，變成收兩個，又得寫報告了，唉。」

兩名鬼差對視一眼，一同走到大樓邊緣一躍而下。

一直凝視著惡鬼情況的兩個高大背影，似乎也有一位在嘆息。

「可惜了，本來可以投胎到好人家。」

身穿綠袍，一臉慈祥的老者是地府的賞善司，生前行善積德的小鬼全由祂負責論功行賞。或投胎到富裕豐足之家，或推薦登天擔當神職，皆由祂決定。

「就算能投胎，也有得等吧，不過他現在歸我管了。」

一旁身穿紫袍，面上嚴肅，甚至有幾分殺氣的，是負責量刑懲處生前作惡小鬼的罰惡司。祂可以決定把小鬼送往地獄，或讓他投胎至畜牲道做牛做馬。在必要時候，祂會揮刀斬殺一些危害人間的惡鬼，讓惡鬼徹底灰飛煙滅，再無輪迴投胎的可能。

「兩個都歸祢了。」賞善司憑空變出了一本名為「善簿」的冊子，翻開之後，指間輕輕一抹，一個名字於善簿上除去。

「所以我說，惡鬼就該徹底消滅，一點惡意都不該存在。」罰惡司瞥了一眼善簿，不必細想也知道被抹去的名字已換到祂這裡。祂手中隱隱閃出一道紅光，又隨即熄滅。

「我們的職責又不是為了消滅鬼魂，而且，有些小鬼只要讓他們的念頭消失，就不會遺禍人間。」

「每隻惡鬼都要教化的話，地府可就塞不下了。閻羅王要是願意讓我出手消滅那些有歹念的小鬼，不就簡單多了？還不用跟人間有太多牽連。」

「也不是每件事都要用最簡單的方法嘛，複雜的解法說不定會產生更理想的結果呢。」賞善司笑容可掬，與眉間能皺出一座山來的罰惡司形成強烈對比。

負手於身後的罰惡司，眼神凌厲地俯視著地面的街道，順著祂的目光看去，會看到淋著雨的南朵延疾步經過圍觀跳樓情況的人群，一名小男孩緊緊跟隨其後，像是焦急地道歉或是請求幫忙。他伸手想要拉住南朵延的衣襬，小手卻直直穿過布料。

在旁邊暗中觀察的除了祂們，還有另一個外表看起來是四十歲出頭的男性半鬼半神，他理著平頭，身上帶著濃濃的軍官氣息。其他行人同樣看不到他的存在，能直接穿透他的身體走過。

「任昭廷的轉世……她眞的能行嗎？」罰惡司死死盯著南朵延。

賞善司笑了笑，試著緩頰，「查察司眼光挺好的，祂的助理應該也不差。」

「呵，如果眞的很好，當初就不會被陰律司發現任昭廷的殘魂還在地府了。」罰惡司看向賞善司，一副完全不認可的模樣。

賞善司依然盯著南朵延，「亡羊補牢也不算太差？」

對於賞善司總是只會說好話，罰惡司見怪不怪，只是忍不住想要抱怨：「再說，這娃娃不過是魂魄不完全的轉世，尙不是祂的助理。要不是福德正神總出手幫助，這娃娃能活到現在嗎？」魂魄不全的人類多半非死即殘，鮮能活到成年。

「加上任昭廷，魂魄就齊全了啊。」賞善司想得天眞。

「任昭廷……」罰惡司仰起頭看向天空，「他的存在眞讓生物多樣化的支持者高興。」說罷，左手畫了一個大圈，開了扇鬼門踏進去。

「什麼生物多樣化？哎呀，反正就讓他們試試看唄，說不定能行呢。」賞善司扭頭才發現罰惡司已逕自離開，急忙想跟上步伐時，鬼門已經關閉。祂搖搖頭，無奈地伸手畫了個圓，「眞是的，總那麼急。」

小男孩依舊緊跟著南朵延的步伐，而那半鬼半神不急不緩地跟在後頭，似乎南朵延和小男孩都在他掌握之中。

不過當南朵延差點被路過的YAMAHA YZF-R3重型機車擦撞時，或許是因爲緊張的緣故，他的形體閃爍了一下，有半秒彷彿變成全透明。見南朵延沒事，他才恢復淡定的神色。

只不過讓他更在意的，是那名差點撞上南朵延的長髮女子。女子掀起面罩，確認狀況後點點頭示意便揚長而去，他看不清她的樣貌，卻有種似曾相識的熟悉感。

過馬路時總是遇到紅燈的南朵延，也許氣在頭上，才沒留意到自己已踏出馬路。剛死裡逃生的她似乎已習慣跟死神非常接近，沒有被差點發生的意外嚇住，繼續疾步走，終於在無人巷弄裡的一處簷下停下腳步。

她先是深深吸了一口氣，眼角瞥見小男孩時，壓抑的情緒終於按捺不住，「你爲什麼要出現？爲什麼找上我？爲什麼我總是要幫你們完成一堆奇奇怪怪的請求？我應該的嗎？我欠你們的嗎？爲什麼總是纏著我不罷休？想搞死我嗎？現在就來搞死我啊！一了百了乾淨俐落，我還樂得不用再管你們的麻煩事！」

「姐姐……對不起，我錯了……」小男孩的頭低得不能再低。

「你錯？你當然錯了！第三份實習工作了！又是因爲你們才搞砸的。若不是因爲你到公司找我，我會帶你去逃生梯說話？靠夭，逃生梯居然也有監視器，全公司都知道我像個神經病一樣對著空氣說話了！就像現在一樣，大家要不把我當瘋子，要不都知道我撞鬼了！」

滿腔委屈與悲憤傾巢而出，南朵延的淚與雨水混合在一起，順著她臉龐滑下。

「對不起，眞的對不起，我不是故意的……姐姐，我會乖的……對不起……」

南朵延深吸了一口氣，用手背胡亂擦拭臉上的水滴，看著無助又誠懇的小男孩，雖然還在生氣，卻又心軟起來。緩了緩情緒，她才問：「你又想我幫你什麼？」

「阿姨怎麼還沒來？阿姨會不會不回來？她不回來的話，外婆怎麼辦？」

「你阿姨不是在美國嗎？沒那麼快搞定所有事吧。」南朵延嘆了口氣，迴避小男孩過分懇切的眼神，掏出手機點開通訊軟體，發出一通語音通話邀請。

發出邀請後，南朵延才想起現在是美國時間的清晨，自己好像打擾到對方了，正想掛斷，對方已接受邀請。

「不好意思，一時忘記美國的時差了，我是林正雄的班導，想再跟妳確認一次回臺的日期。」南朵延偶爾也像那些無情的大人一樣，說謊不眨眼，「後天嗎？好的，沒問題。對，正雄昨晚又託夢給我了，他很掛心外婆的情況。」

說謊只是爲了事情能進行得順利簡單一點，總比老實說出她能看到鬼魂，還被小鬼纏上來得有說服力。

掛斷通話後，南朵延看向小男孩，也就是她口中的林正雄，「非必要不要學我這樣說謊，說謊是不對的。你阿姨後天就會搭飛機過來，最晚大後天也會到達，這樣你安心了吧？」

「知道了，我會聽姐姐的話。」林正雄點點頭，卻沒有離開的打算。

不用他說，南朵延也猜到小孩子的心思，打開背包，翻出錢包看了看，只剩一千兩百塊。她又瞥了林正雄一眼，撇起嘴，再次輕輕嘆了口氣，這些錢她本來打算用來買演唱會門票，現在看來只能變成敬老金了，「小孩就是麻煩……想去看外婆是吧？等我一下，我去趟超市買些東西。」

她嘴巴說出來的話不算好聽，語氣也充滿嫌棄，行動倒是爽快。她在超市買了一些水果與營養補充品後，熟門熟路地來到附近一間透天厝前按下門鈴。

「外婆，我是正雄的班導，來探望妳。」

南朵延等了好一會兒，才等到大門開啟。

老人拄著拐杖，走起路來顫顫巍巍，「哎唷，又來看我這副老骨頭呀。」

「是老當益壯。」一臉乖巧的南朵延主動扶著老人，緩步走進客廳。

「妳身上怎麼都濕了呀？下雨要撐傘啊，別仗著年輕不把著涼當一回事。」

「我知道，放心，沒事的。」

直到老人坐下，南朵延才放下心，把手上買給老人的食品都擱在桌上，回頭的時候，瞥見了被供奉在神明桌上的黑白照——林正雄臉上掛著開朗的燦笑。

「外婆，我給妳帶了些水果和補品，慢慢吃喔。」

「人來就好了呀，還買什麼禮呢？下次別再浪費錢了。」

「哪裡是浪費，分明是物盡其用，變成滋養婆婆的好東西。」

「就妳會說話。」老人被南朵延逗笑，伸手指向衛浴，「裡頭有洗好乾淨的毛巾，在櫃子裡，快去擦乾身體。」

南朵延點頭接受老人的好意，按指示找毛巾擦拭身上的雨水。

待她步出衛浴，老人已從廚房拿出兩小盤清粥小菜，「剛煮好飯，妳要一起吃嗎？」

突然拜訪，老人定沒有多準備，南朵延不好意思蹭飯，「下次吧！我得趕回家了，家人也準備了晚餐給我。」

「那妳不要讓家人等，快去快去。」

見老人想要相送，南朵延連忙制止，「婆婆，我自己來就行，我會替妳關門，妳坐妳坐，好好吃飯。」

關上門，此時雨也停了，周遭充滿雨後的青草味。

南朵延確定附近沒人之後，才小聲地說：「滿意了吧？放心了吧？」

看到外婆心滿意足的林正雄笑逐顏開，「謝謝姐姐！姐姐人最好了。」

「那就結束了，不要再跟著我了，再也不見。」南朵延瀟灑地擺擺手，頭也不回就往前走，留下林正雄小小又孤單的身影，目送她離開。

可南朵延才走了幾個路口，林正雄又追了上來，弄得她有點不耐煩。

「小朋友，又怎樣了？做人做鬼都不能太貪心喔，貪得無厭會討人厭的。」

「啊——不是！那個……明天早上十點，在妳家對面便利商店旁的彩券行，買十張五百元的刮刮樂吧。」

「會中獎？」南朵延瞇眼看著林正雄。

林正雄呆呆地點頭，視線沒聚焦在南朵延身上，似乎在看她身後某個人的反應。

南朵延敏銳地察覺到對方的眼色，回頭時卻只看到十分平常的路人經過。

「十張五百元，不就要五千塊了？」

林正雄生前剛好學到二位數乘以三位數，掰著手指計算數字是否準確。

南朵延心裡盤算著，要是林正雄給的消息不對，她這五千塊就打水漂了。她的銀行戶頭大概只剩一、兩萬而已，值不值得拿五千塊賭一把呢？

南朵延演完內心戲時，林正雄終於也把答案算出來了，「對，是五千塊！」

看著眼前小孩一臉無害又天真的神情，南朵延感到有點唏噓。他來不及長大，這輩子都停格在孩提時代，也不曉得是不幸還是幸運，如果活著太苦，也許停止長大，亦不是一件太壞的事。

「行了行了，我知道了，謝謝喔。回去吧，別跟著我了。」南朵延抬了抬下巴，示意林正雄離開。

林正雄顯得依依不捨，沒有挪開腳步。

南朵延又怎會不明白，小孩子總希望身邊有人陪伴，只是人鬼殊途，能陪伴他的不會是自己。她率先邁出腳步離去，沒有再次道別。

第二章

位處市區邊陲地帶，蛋黃區與蛋白區之間的模糊界線，華廈的頂樓，一房一廳約莫六坪的獨立空間，是南朵延的租屋處。

雖然媽媽萬般不捨，連哥哥和姊姊都還住在老家，她作爲老么受到家中許多愛護，卻依然堅持搬離老家，決定獨立自處——然而誰又眞的想離開疼愛自己的家人呢？不過是個無奈的選擇。

她租屋處的裝潢簡簡單單，客廳裡有個開放式廚房，以灰白色小中島隔開沙發區，平常她最喜歡在這裡吃飯。

臥室空間很小，加大單人床、小床頭櫃、小書桌、衣櫃就幾乎占據所有空間。牆上貼了幾張偶像團體的海報，書桌上方釘了幾塊層板當書架用，書架上除了偶像專輯，竟還有幾本哲學書，佛洛伊德的著作與偶像專輯並排而立，有種說不出的突兀。

南朵延匆匆返回小而溫暖的家後，立刻洗了個熱水澡，淋著熱水的時候，身體舒服了些，但對於實習不及格的事，依然耿耿於懷。她重重地吁了口氣，明明早已習慣，卻總是在再一次經歷一連串倒霉事件後被無力感所包圍。

洗完澡，南朵延連穿上睡衣都有點懶得，只是圍著浴巾，頭髮也沒擦乾，就回到臥房，厭世地躺在床上。

手機鈴聲在此時響起，是媽媽的專屬鈴聲，不能不接聽，南朵延認命地爬起來，從擱在椅子上的背包找出手機。

「媽咪，怎麼了？」南朵延特意提高了音調，讓自己的語氣更有朝氣。

「沒什麼，想聽聽我寶貝女兒的聲音。這幾天工作還順利嗎？」媽媽無心的問話一擊直中南朵延的要害。

「好得很呢，今天還幫上大忙，不過……」南朵延的腦袋正快速整理著可用上的藉口，「媽咪呀，我覺得現在實習的工作可能不太適合我，公司企畫部沒缺人，一年半載都沒辦法調職，我想還是得再重新找一份工作了。」

「沒事沒事，最重要是妳喜不喜歡，反正妳哥妳姊都有工作，家裡也不缺妳那一份收入。錢還夠用嗎？不夠用的話要告訴我喔。」

「夠啦，我不是還有接點翻譯的工作嘛，沒問題的。」

「好——」她長長的尾音似乎只是隨南朵延的意願回應，而不是真的相信，「又感冒了嗎？還是過敏了？」大概是聽出女兒講話時的鼻音。

「那個……剛回家時經過工地有灰塵啦，一點點過敏，沒事。」

「沒事就好。總之，記得好好吃飯，知不知道？」

「知道了。媽咪，我好累喔，先掛了，拜囉！」說罷，便匆匆掛斷通話，媽媽若是再多說幾句，她怕自己的淚腺決堤。

南朵延洩憤般把手機摔在床上，坐在床沿發了一陣呆，最後決定聽媽媽的話，好好吃個晚餐。

她伸手摸了摸床頭櫃上的白虎公仔，喃喃道：「就算實習又搞砸了，還是要吃點什麼對吧？」

白虎公仔旁邊有一張全家福，是她十八歲生日，家人替她辦驚喜派對時拍下的。照片裡爸爸和媽媽站在後方，哥哥和姊姊環抱著她，她臉上還有一點蛋糕的奶油。

「再沒用也不能讓爸媽擔心啊……唉……」南朵延拍拍腦袋，嘆了口氣。

她拖著腳步來到客廳，說是晚餐不過是燒了壺水，泡了碗泡麵。按下手機的倒數計時，她靠著冰箱歪七扭八地站著，腦袋完全放空三分鐘。

鈴聲作響，南朵延才回過神來，按停了計時，熟練地單手夾著筷子拿起麵碗，準備把泡麵放在小中島上……一回頭，她竟看見沙發上坐著一個男人。

「聽說妳剛丟了一份工作？我這有一份很適合妳的，不知道妳意下如何？」那男人板著臉一臉正經地說。

「色狼！」南朵延差點就把手上的泡麵往男人砸去，但瞬息之間改爲丟出一旁撿起的湯勺。

男人沒有閃避，湯勺卻直直地穿透他，在湯勺即將掉落在沙發後方時，他伸手一撈就把湯勺接住，下一秒湯勺便出現在茶几上。

「這個不砸傷人都會損毀地板，下次別胡來了。」

見鬼了。南朵延翻了個白眼，又見鬼了，可這裡明明早有高人布陣，從念大學時就從未有鬼能踏進她家門，眼前這男人是怎麼辦到的？

「還有，我並非色狼，我是半個神職！」男人正是從南朵延下班便跟了她一路的半神半鬼任昭廷。

南朵延的手上還拿著泡麵，眼下的狀況有點尷尬。從小到大遇到過那麼多隻鬼，她倒是頭一次聽到自稱半個神職的，而且這人講話文縐縐，一聽就知道不是以往那些比較「正常」的類型。

二人對峙了好一會，任昭廷索性往南朵延走近。可他一走近，南朵延便顯得驚恐，連忙擱下手上的泡麵，雙手護胸，一臉「你休想占我便宜」的模樣。

任昭廷繼續往前，微微別過頭不去看南朵延，最後停在隔著小中島的距離，伸出右手的食指和中指要觸碰南朵延，嚇得她閉起了雙眼。這正好合了他心意，兩指往南朵延的眼簾上從左抹向右方。

霎時之間，南朵延的腦海裡出現一堆她從沒經歷過或看過的影像。

她看到一個挺拔的背影緩緩轉過來，正面也風度翩翩，是個衣著打扮頗有品味的中年男子。男子拍了拍她的肩膀，但又好像不是她的肩膀，她發現自己的手更像是男人的手。

「陰律司的提議不無道理。小鬼會怨氣四起，乃因排隊多時卻連輪迴殿都未能踏上，上月已引發地府小型動盪。本來小鬼心事未了是正常事，輪迴進程快，就不太會起異心，然而等待轉生的時間過長，就會導致越來越多心餘怨念的小鬼轉化爲惡鬼。既然尚未能解決投胎席位僧多粥少的問題，歸根究柢，打消小鬼怨念方爲治本方法，好讓他們在地府安分守己。」男子語重心長地說。

「可是地府不該干預人間事務，要了結小鬼的心願，就不得不插手人間的事……閻羅王大人大抵不會同意。」

聽到這裡，南朵延總算知道了，這是出現在她家的那個男人的視覺。

「不由鬼役直接進行，由人來負責幫小鬼了結心願便可。你來輔助她，正適合不過，既可積累功德，也可——」

也可什麼？怎麼影像莫名其妙就斷了？南朵延睨了男人一眼，最討厭故事只說一半。雖然沒頭沒尾的，不過結合男人的工作提案，她多少猜到他的用意，於是放鬆下來，坐在吧檯椅上開始吃起麵來，「你還沒報上名來，就想讓我相信你？」

「啊——」任昭廷這才意識到自己忘了自我介紹，實在失禮，「我是任昭廷，日召代表光明的昭，朝廷的廷。」

「南朵延，花朵的朵，延續的延。」

「我知道……」瞧見南朵延瞇眼盯著他看，任昭廷有點不自在，退到一角，與她隔了好一段距離。

「陰律司是誰呀？」

「是地府裡四大判官之首，專門執行爲善者添壽，讓惡者歸陰的任務，祂的生死簿上記了每個人的陽壽與功過。另外三位是查察司、賞善司與罰惡司。」

「四大天王的概念？說話的那個帥大叔要是放在現代又是明星的話，有這麼一雙電眼，根本是梁朝偉的等級。」

世人常以雙目如電形容四大判官，然而看在南朵延眼裡，竟變成了迷人電眼嗎？任昭廷無奈地嘆了口氣，耐心解釋：「地府裡最大的官是閻羅王大人，但要說『閻王叫你三更死，誰敢留人到五更』，唯有陰律司敢，因爲生死簿在祂手中。

「當然，閻羅王大人還是最大的，旗下有四大判官、十大陰帥，判官們定奪不了的案件，都會由閻羅王大人審理。有些陰帥妳應該聽說過，像是黑白無常，他們皆是正神。妳可以理解這些就像是政府的高官，判官、陰帥都是職位，做不好會被輪替，當然也有當了一段時間神職再重投輪迴轉世爲人的。

「而妳所說的帥大叔是查察司，如果陰律司像法官定生死，查察司便像律師一樣，爲善男信女平反，弘揚他們的善心功德，不過祂也會像檢察官一樣，指控惡人在生時所作之一切壞事，務求陰律司發落懲處。

「賞善司與罰惡司就如同其名，執行行賞或懲罰的任務，功德値夠高，凡人也能冊封爲神；作惡多端，除了下地獄，也可能會灰飛煙滅。正神要由天庭或地府冊封，我爲查察司辦事，是祂的助手，爲半個神職人員，但未被冊封，可以說是半鬼半神，亦可說是不算鬼也不算神，所以妳家的陣法才會攔不到我。」

「原來！」南朵延激動得用力拍桌，下一秒就吃痛皺起眉頭，邊甩著手邊碎碎念：「我還以爲陣法失效了，嚇我一跳。要是失效了就麻煩大了，不知道會有多少鬼找上門……聽你這麼說，我才知道閻羅王就是終審法院的法官呢。」

終審法院的法官嗎？任昭廷想了想，好像也算是個貼切形容，「反正只要有我在，其餘小鬼不敢太接近妳。我既是半個神職，也就會有官威，小鬼們也怕官。」

「說得你好像很厲害似的，你會穿牆過壁我猜到了，還會做些什麼？」

「正如妳看到的影像，不過就算我會做些什麼，也不能出手實際做些什麼。」

「你怎麼說話總是這樣繞來繞去，不煩嗎？」

「說回正題吧，我需要妳與我一起執行任務，替新鬼們了結心願，消除他們對人間的執念。妳放心，太危險的任務，就算妳不說，我也會幫妳拒絕，一定是妳能力範圍內能辦妥的事。很多鬼的心願通常都是傳幾句話，或是帶點東西給親友，不是什麼太艱難的事。」

聽完任昭廷一番話，南朵延默然低著頭吃麵，似乎在思考。

任昭廷也不急，耐心地等待她的回應。

直至把最後一口麵條吃完，南朵延才抬頭看向站到遠處的任昭廷，「我爲什麼要幫你？就因爲我招鬼、惹鬼，還能看到鬼？」

任昭廷斟酌了一下，才小心翼翼地開口：「有些事我還不能跟妳說，但妳是這項任務的最佳人選。妳不也常常幫那些小鬼嗎？現在幫忙還能累積功德值不好嗎？」

南朵延想都沒想就翻了個白眼，站起來把碗筷粗魯地擱在水槽，「功德值是什麼，能吃嗎？我好好的一個大活人，你跟我說功德值？我腦袋進水才會答應你當志工。什麼爛主意……不幹！我要睡了，別偷窺我！」說罷便轉身返回臥房。

是不是鬼當久了就會跟現代社會脫節？她完全不想搭理不請自來的怪客，自己還年輕，功德值等要死了再來談吧！她現在只想重新找份工作，踏實賺錢才是王道。

「欸！妳不刷牙就睡覺嗎？」任昭廷皺了皺眉頭，想到了蛀牙時牙痛的可怕。

「煩咧，你是我老爸嗎？慢走不送！」南朵延瀟灑地擺擺手，豪邁的姿態委實與她圍著浴巾的視覺效果很不搭調。

「我——」有苦不能說，任昭廷一臉無奈地看著南朵延的背影，低不可聞地輕嘆，「我不是妳爸，我是妳的前世……」

尚未得到南朵延首肯，任昭廷只好耐心等待，再做遊說的準備，畢竟查察司特意提醒過他，不能用逼的。

他抱著雙臂，閉起眼睛思考，可是大門外的微小動靜不斷打擾他的思緒。他猛然睜開眼睛，下一秒出現在大門外，俯視著因爲吃驚而把眼睛瞪得圓滾滾的小男孩。

或許是意識到自己太嚴肅可能會嚇倒對方，任昭廷清了清喉嚨，試圖臉帶微笑地問：「你怎麼還在？」

然而看在林正雄眼裡，這笑容太僵硬詭異，比板著臉更可怕。他縮了縮脖子，小聲地說：「我想看看姐姐，姐姐她淋過雨，會不會生病呀？李老師說淋雨會感冒，我有替姐姐找到雨傘，不過姐姐沒有用……我想進去，可是一進去就會被燙到……」

任昭廷看了看門樑上的小風水陣，想到南朵延家中還有別的陣法，小鬼們的確進不去。這陣法一看就知道是高手擺的，看來南朵延沒少碰到鬼，才不得不設防自保……可這位高手怎麼沒給南朵延隨身的避鬼護身？

「叔叔？」

任昭廷想得太入神，聽到林正雄呼喚，才蹲下來與對方平視，「她已經是成年人了，會照顧自己，不用擔心。你不能一直逗留人間，不是叫你回地府報到嗎？」

「去了，叔叔你看！」林正雄伸出左手，手背上有一個墨綠色的印記。

一看到那印記，任昭廷似乎難以置信，還抓起他的手再三確認，「你怎麼拿到人間通行令了？」

「是那個穿得很潮的帥叔叔給我的，祂說你看到這個就知道怎麼處理了。」

地府官員中就數查察司的衣著最多變，祂的職務多少與人間相關，爲了不給予人類太多既定印象，形象也比較不固定。想當初任昭廷跟在他身邊工作時，總覺得每天都在看時裝秀。

查察司雖然剛正不阿又判案如神，但看重仁義的祂，可以說是四大判官之中最具人性的正神，或許也是因爲如此，祂才會給林正雄人間通行令。

「祂有說你什麼時候要回去接受審判嗎？」任昭廷問。

「什麼是審判？」林正雄眨著天眞的大眼睛。

「就是……如果你以前做過很多好事，就會根據你做過的好事獎勵你，或是讓你下輩子投胎到很好的人家；如果以前做很多壞事，就會懲罰你，甚至不能投胎，或是投胎也只能投胎到畜牲道或是變成蟲、蟑螂之類的。」

「什麼是投胎？什麼是畜牲呀？」

很好，問一個問題，反而延伸無限個問題，任昭廷耐著性子試著解釋。

「投胎就是生命輪迴的開始……」看著林正雄似懂非懂的表情，任昭廷嘆了口氣，這些抽象概念對他來說太深奧了，況且這也不是三言兩語能說得清，「總之，祂有沒有跟你講你什麼時候得回去地府？」

「喔喔，叔叔你看這個！」林正雄換而伸出右手，但右手什麼都沒有，「欸，怎麼不見了？之前還有的……」

任昭廷瞇起眼睛，伸手覆上林正雄的前臂，從上往下掃了一下，前臂便顯出了若隱若現的——乙一七三零六七。

「居然拿到號碼牌了？」這速度快得不正常，多半是查察司開了加急通道，小孩子在人間的時間短，要審理的在世事蹟也少，才能快速通關，任昭廷盯著數字思索著，「乙等也不錯，明年等你投胎時，至少會投胎到中產之家，可保你衣食無憂。等候時期若多行善事，說不多能從乙等提升至甲等。」

話才說完，臂上文字突然變成了「乙一七三零六六」，少了一號，代表有一鬼投胎去了。

「聽不懂……」林正雄搔搔頭。

「啊——我懂了。」任昭廷倒是想通了，查察司等於安排一個小助手給他，「你想陪南朵延……就是你說的姐姐一起工作嗎？幫助別人完成心願。」

「這是好事嗎？我不要變成蟑螂！」林正雄雙手比了個大大的叉，用全身動作拒絕當蟑螂。

沒想到小男孩在意的是這件事，任昭廷愣了愣，連忙點頭，「可以累積功德，當然是好事。」連聲調都提高了一些。

「那可以去看看外婆嗎？」

任昭廷瞇起眼，連小孩子都學會討價還價，「空閒時偶爾可以去看，但不能讓你外婆知道你還在，不能跟她說話，不然她會捨不得，你能答應我這個要求嗎？」其實他更擔心的是小孩會因為捨不得而放棄投胎。

「答應！」

「你等我一下，我想到一個方法，可以讓你擁有實體，也能隨意進出這裡。」說罷，原本還在大門前的任昭廷，一瞬間就出現在南朵延的臥房。

南朵延在床上蜷縮著，似乎睡得不太安穩。

任昭廷伸手去取床頭櫃上的白虎公仔，下一秒又重新回到大門前。

「哇，好可愛的貓貓！」林正雄伸手去抓，然而他得非常集中精神才不會讓手穿過公仔。試了好幾次，他終於把公仔抓在手中把玩。

「她要是知道你把它說成貓，說不定又會生氣了。」任昭廷搖搖頭，簡短交流了片刻，他就能想像南朵延炸毛的模樣，「這是白虎公仔，喜歡嗎？喜歡的話，你可以附身上去，借用它的實體。」

聞言，林正雄笑著點點頭。

任昭廷打一個響指，小男孩馬上就變成會動、會說話，還會雙腳走路的白虎。

「好神奇喔！」林正雄隨即表演了一個側手翻，配上白虎圓滾滾的身材和短短的手腳，意外有喜感。

任昭廷替他開啓大門，輕輕從後推了一把，「快進去找你姐姐吧。」

變成白虎的林正雄走到房門前，任他使出渾身解數，卻只能推開一道門縫，怎麼擠都擠不進臥室，最後還是任昭廷看不過去出手把門推開。

林正雄的力量沒有收住，整隻白虎向前滾了幾圈才停下來。

「白虎原本在床頭櫃上，你別打擾她休息。」任昭廷小聲提醒。

林正雄點點頭，手腳並用花了幾番工夫，好不容易才爬上床頭櫃。大概是魂魄還不適應新的「身軀」，才一點運動量就累得林正雄大字型攤在南朵延的家人合照前，不出一分鐘便呼呼大睡。

第三章

手機鬧鐘的鈴聲作響，被打擾睡眠的南朵延不耐煩地按停了鬧鈴。她抓抓頭髮，一頭亂髮顯得更亂，想了想，才忿忿不平地在螢幕上點選「更改此時間表」，被辭退後她再不用早起了。

一覺醒來，不但疲勞沒有得到紓緩，南朵延更覺得頭很重，整個人虛虛浮浮的。即使昨夜一回家就飛奔到浴室洗了個熱水澡，可是體虛力弱的她，淋過雨早已受寒，睡了一覺後反而開始止不住打噴嚏、流鼻水。

隨便搓了一小捲衛生紙塞進鼻孔，堵住不停流下來的鼻水，南朵延一臉呆滯地坐在床上放空，總覺得好像有什麼事情要做，卻又提不起勁。

呆坐了半小時，手機螢幕突然亮起，前公司的同事詢問她工作交接的事，南朵延瞥了一眼，不打算立刻回覆。

又過了幾分鐘，南朵延偏頭看了眼手機，時間來到九點四十三分……她怎麼就突然在意起時間了呢？

「靠靠靠！」腦袋正式開始運轉後，南朵延才想起一件很重要的事。

「明天早上十點，在妳家對面便利商店旁的彩券行，買十張五百元的刮刮樂吧。」

林正雄稚嫩的聲音言猶在耳，她居然差點忘記這件事。

南朵延突如其來的罵聲驚醒了在白虎公仔裡熟睡的林正雄，睜眼的瞬間，只見南朵延用力把被單甩到一旁，幾乎整個人彈跳起來。

南朵延匆匆換上便服，顧不得鼻孔還塞著衛生紙，右手抄起錢包和鑰匙，雙腳隨意塞進帆布鞋，直接踩著鞋跟奪門而出。

她還得先去隔壁的便利商店提款，才有錢買刮刮樂，五千元對她來說不是小錢，然而也只能信任林正雄一把了……

還好最終信任沒有白費，南朵延看著手上白花花的鈔票傻笑，雖然不多，但這及時雨足夠讓她高興一陣子了。

開心折返回家，南朵延坐在床上大剌剌地再次點算著鈔票。

「三萬八是接下來兩個月的開銷，還剩兩千塊……」南朵延把錢分成了數疊，手中還有兩張千元鈔，思考數秒後揚起爽朗的笑容，「好耶，可以買演唱會的票！」

變成白虎公仔的林正雄已經從床頭櫃跳到床上，來到南朵延身邊，探頭去看南朵延面前的紙鈔，「欸？姐姐有沒有買錯，是五百塊的刮刮樂喔！只中五萬嗎？我看到的應該是十萬才對啊！」

聽見林正雄的聲音，南朵延瞬間瞪大了雙眼，那個半神半鬼能進她家就算了，怎麼連小鬼也能進她家了？可是她左右看了看，根本沒看到小鬼。

「在找我嗎？我在這裡啊。」林正雄的語調天眞，聽在南朵延耳邊卻顯得詭異。

南朵延終於發現她的公仔會講話，慌張得倒在一旁，卻見公仔朝她緩緩走來。她驚魂未定地死死盯住白虎公仔，突然伸手抓起公仔扔向門口。

正要敲門的任昭廷眼明手快接住了公仔，公仔還笑著向他揮手。他皺了皺眉，把公仔放到門旁的書桌上，守著禮儀，並沒有踏進少女的閨房。

看到任昭廷的當下，南朵延的驚嚇變成了不耐煩，「你怎麼還在我家？」

「抱歉，但妳必須是我的搭檔。」任昭廷看向想爬下去又不敢邁開腳步的林正雄，輕輕把他推到抽屜旁邊，讓他能順著抽屜往下爬，「這是妳昨天才見過，還幫過的林正雄。」

剛順利到達地面的林正雄向南朵延九十度鞠躬，「我不是故意要嚇妳的，姐姐對不起。」

南朵延倒抽了口涼氣，想控制住情緒，想想又嚥不下這口氣，順勢把積累下來的委屈一併爆發，對著他們怒吼：「現在是怎樣？鬼把我的公仔搶走，自稱半個神的傢伙又賴在我家不走是吧？好呀，人們欺負我，連鬼神都欺負我。靠！我就想簡簡單單當個普通人不行嗎！」

林正雄被嚇得抖了抖，扒著任昭廷的腿不放手。

任昭廷只得蹲下來摸摸他的頭，「乖，沒事，她只是需要人安慰。」

聞言，林正雄搖搖晃晃地往坐在床上掩面生悶氣的南朵延奔去，手腳並用地解釋一輪，又學著電視搞笑情境劇笨拙地表演。

本來撅著嘴一臉不樂的南朵延，情緒終於被安撫，轉而勾起嘴角，一把抱起林正雄，「從今以後你就叫白虎了。」

「我叫林正雄……」

「你說你這小鬼頭叫林正雄搭嗎？感覺比他更老氣。」南朵延瞥了任昭廷一眼。

「是我外公取的……」

難怪滿滿的年代感……南朵延走下床，把林正雄轉向桌上的梳妝鏡，「你不是林正雄了，你看你就是隻白虎，對著白虎叫『熊』，不是太搞笑了嗎？」

「可是方阿姨家的兩隻貓，一隻叫珍珠，一隻叫奶茶……」

「總之你就叫白虎，不然你就給我從白虎身上出來，把白虎還給我呀。」南朵延雙手抓住林正雄使勁搖著。

「啊啊啊——暈暈暈暈暈，姐姐……叔叔救命！」

任昭廷勉爲其難出手制止了南朵延用力搖晃的動作，「好啦，別對小孩子斤斤計較。」

「我要斤斤計較的話，就直接把他帶到警察局，告他竊盜和非法侵占了好嗎？你也是。」南朵延賭氣地把林正雄塞進任昭廷懷中，「哼！」

「我是白虎……」林正雄率先妥協，語氣可憐兮兮。

南朵延嘴唇抿成一條線，憋著笑意，眨著一雙無辜的大眼睛，拖著長長的尾音，俯身看著白虎，「是你自己說的喔，好乖。」

接著南朵延站正了身子，抬起下巴看向比她高出近一個頭的任昭廷，「他解釋完了，那你呢，到底爲什麼還賴著不走？」

「我說了，妳必須是我的搭檔。」任昭廷重申。

聞言，南朵延都要笑了，這什麼霸道總裁的口吻？地府流行這種人設？

「零順位？」

在地府幾十個年頭，任昭廷對新世代的潮流用語不太熟悉，「什麼意思？」

「排在第一之前，在所有名次前面、最重要的意思。」

「沒有別的名次，只有一個，就是妳。」

「哇，要不是你板著臉又有點年紀，我都以爲你在跟我調情了……」

任昭廷瞬間連話都不想說了，卻依舊努力擠出和善的微笑，「我才沒有妳那麼自戀。」

南朵延聳聳肩，把白虎抱回來，拉過椅子坐下，「爲什麼非我不可？」

「以後我會慢慢向妳解釋，很多事情妳做著做著就會慢慢懂。我保證不是要害妳，反而是在幫妳。如同先前所說，任務都一定是妳可以完成的，我會優先保護妳的安全。」

「是你選我的？還是你那什麼司的頭子？」

「查察司。是他挑選的，沒錯。」

「我就知道，一定是被逼的。」

「實不相瞞，目前萬事俱備，只欠妳的首肯。」任昭廷憑空變出一副眼鏡，交予南朵延，「戴上這個，隨我過來。」

南朵延拿著眼鏡左看看右看看，沒發現它跟一般眼鏡的區別，只好疑惑地戴上，跟著任昭廷步出家門。

一踏出家門，任昭廷便停下來，轉身看向大門上方。

順著他的目光看去，南朵延才發現自家門上被掛上一面招牌，大大的「死鬼萬事屋」五個字就寫在上頭，還有一行小字標語——只要用功德值作爲代價，就可以換一個了結心願的機會。

她脫下眼鏡揉揉眼睛，招牌又不見了，當她重新戴上，又顯現了……她才明白，這副眼鏡是用來看鬼才看到的東西。

「死鬼萬事屋？什麼奇怪的名字……」南朵延看著那土氣的招牌，眉間皺起一座小山，「名字怪就算了，標楷體混新細明體？這什麼美感啊？」

任昭廷尷尬地清了清喉嚨，並沒有回話。

南朵延馬上意會大抵是上司的意思，怕得罪神明，又補上一句：「果然是傳統美學，極具地方文化特色，非常好！」

「浮誇……」任昭廷低喃。

「等等！這是莫名其妙安排工作給我嗎？哇，強徵勞動力啊？都不先問過我這個當事人同不同意，就掛招牌要開業了？地府那麼專制不文明的嗎？」

「妳——別口出狂言。」任昭廷想生氣又不好發作，更怕南朵延亂說話被神職們知道，「接受新鬼委託，完成委託之後會得到相應的功德值，這對妳來說有好處，至少可以確保妳能活盡妳的陽壽。」

「要那麼長命幹麼？夠用就好了啊，老了身體都不好使，拖著不死又有什麼意義？」南朵延越說越生氣，「而且，哪有人請求幫忙的態度像你們這樣啊！沒得到允許就擅作主張，亂改人家的裝潢……」

「可妳的陽壽不穩定啊！妳想英年早逝嗎？」任昭廷有點焦躁。

南朵延歪著頭，一臉不解，「按你昨晚說的話，壽命不是都既定的嗎？我又沒做什麼很壞的事，還能不穩定？」

一般來說，陰律司在生死簿上記下每個人的陽壽，除非那個人爲善或作惡影響壽命外，並不會變更。南朵延是特例，陰律司曾說過她是祂上任數百年來唯一所見。

若非陰律司在視察人間時發現了南朵延，任昭廷可能還是一縷無法成形的殘魂……

據說陰律司眼中的世界，每名活人頭上都會顯現陽壽數字，如在生死簿中修改陽壽，其頭上顯現的數字也會隨之變化。

南朵延之所以惹來陰律司的注意，便是因為她頭上的數字不斷跳動，忽大忽小，數字小的時候差點被高空擲物砸中，遠方甚至還有幾隻小鬼對她虎視眈眈。

陰律司查看生死簿，卻一切正常，轉念想到三世書，手中變出有如人間平板電腦一樣的東西，搜索一番，對南朵延產生如此狀態的前因後果有了個模糊的輪廓。

陰律司施法暫且穩住南朵延的心神，不讓鬼魂靠近她，在她身邊作惡，然後直奔地府。

地府的面貌與人間說不上有太大的差異，甚至同樣劃分成不同行政區，只是古今中外的建築混在一起，高樓大廈的一旁可以是別緻的小橋流水。

一般鬼魂接受審判後便發落輪迴投胎，會根據每人的功德多少，轉生成不同物種。鬼魂在進入輪迴殿前會經過孟婆湯的分發點，分發點各式各樣，有傳統的豆花攤販，也有裝飾時尚適合拍照打卡的網紅飲料店，最終目的都是讓鬼魂心甘情願喝下孟婆湯，消除前世記憶和對地府的印象。

從輪迴殿走向投胎處，有兩條非常寬廣的道路，路的盡頭各有岔路，分別代表不同的投胎結果，重新做人或成畜生。

鬼魂按著引路鬼役的指示行走，每走一步就遺忘一些，直至走到岔路的盡頭，還有一道橋。通過橋的試煉後，會從一個非常長、類似滑梯的地方溜下，直達轉世。

陰律司在勾魂筆中注入神力，揮著筆在地府走來走去，走了片刻，勾魂筆才有所反應。但第一個勾出不該在地府出現的鬼魂，不過是心有怨念逃脫投胎滯留於地府的小鬼。

祂的手在空中畫了一道光圈，光圈便如繩索般把鬼魂套住，一個擺指就把鬼魂甩給一旁的鬼役，而後不發一言繼續前進。

直至走到輪迴殿附近，勾魂筆再次有所感應，陰律司眼睛一瞇，又瞬間瞪大雙眼，彷彿能從祂眼中看得見光。祂低聲施法讓殘魂重現鬼身，果然正是祂在找尋的任昭廷。

陰律司面色微慍，「若非本官發現你的轉世，都不曉得你還待在地府。」

僅剩殘魂的任昭廷虛弱得只能跪在地上，連話都說不出來。

陰律司見了，低不可聞地嘆了口氣，「你看你，情為何物？執念不除，就闖禍了，還辜負查察司一番好意。祂大概不會想在這個情況再見到你，可你既是祂的助手，便交由祂發落吧。」

於是，才有了後來查察司來探視任昭廷，復其原職與神通，並向他分發任務的對話。

「你可知你的任意妄為害慘了你的轉世？」查察司一向和顏悅色，甚少這般語氣強硬，「若不是陰律司發現了你魂魄不全的轉世，你的轉世甚至會因為你這殘魂的消亡，不能夠再次投胎，只能永遠滯留地府！」

任昭廷低著頭，此時再有理由留下也像是藉口，他深知如非他本爲半個神職有神力護體，說不定連殘魂也不復存在，只得說一句：「對不起。」

「你對不起的是你自己，你的轉世雖然沒開天眼，但因你之故總能看到鬼，鬼也會被她的氣息吸引，總是跟隨著她。你可知她的陽壽因此不穩，擾亂生死簿編排的事嗎？」

「陽壽不穩？」任昭廷第一次聽到這個說法。

查察司感慨地搖搖頭，「她本該活到九十一，魂魄缺失招來太多惡鬼，是否可以活盡陽壽只能看她造化。」

任昭廷抿抿嘴，探問道：「那……我能重新回到她身上嗎？」

「這不是鬼上身能解決的事，靈魂只有在投胎時融合才算融合，你現在回到她身上也改變不了她被鬼糾纏的命運。」

「若是如此，她早死的話豈不是更好？我們可以更快融合再次投胎。」

「她也是你，你就這麼急著死嗎？你可記得自殺有何後果？」

他自是記得，自殺是大罪，罰惡司才不像賞善司那麼好說話，不會因任何理由從輕發落。如果因活著太痛苦而尋短，罰惡司保證能讓那人死後更痛苦。

「對不起，我沒想到這也算自殺……」明明要死的人不是他，卻又是他，這種感覺太奇怪。

「敢『修改』陰律司的生死簿，你眞是膽子大了欠修理。你能做的是儘量與她靠近，好讓你倆魂魄變得安定，然後等待你轉世的陽壽自然終了，再一起投胎，才不會打亂地府該有的規矩。將功補過，善莫大焉。」

想起查察司所說的話，任昭廷曉得是自己理虧，眼前的南朵延並不能理解也是情理中的事。

「是我的不是，很抱歉。」雖然抱歉，不過任昭廷沒打算向南朵延和盤托出，「事關重大，這項任務必須由我們負責完成。除了功德值，其餘一切，能幫上忙的，我兩肋插刀也定當全力以赴。再說，妳不是剛丟了工作嗎？空閒時間幫助亡魂積累功德不好嗎？」

居然放低姿態跟她道歉？算了，反正人類看不到那面醜醜的招牌，就不再跟任昭廷計較。只不過南朵延沒有回話，只是伸出左手攤開手掌。

不明所以的任昭廷一臉疑惑，「我不會看掌相⋯⋯」

南朵延不耐煩地翻了翻白眼，「還用看嗎，不看都知道一定沒什麼好事，有好事我會被你們纏上嗎？我要知道的是，薪水多少？」

「什麼薪水？」功德值就是最好的薪水啊，任昭廷不解。

「哇，空手套白狼嗎？讓人工作還不發工資？我要付房租、付一堆生活開支，你是鬼能吸香吃空氣，我是人，要吃飯的好嗎？」

任昭廷並不吸香，但南朵延所言不無道理。他把雙手負於身後思索著，在客廳來回踱步了幾圈，在南朵延的臥房前停下來。

「合理金額不成問題……據我所知，財神君和福德正神也多次相助予妳，讓妳得到好些正財、橫財。此後妳需要花費，我亦可請兩位神君幫幫忙。」

南朵延一聽，圓圓的大眼睛眨啊眨，一臉期待，「可以把我的股票價格翻倍嗎？」

任昭廷顯得有些爲難，「這……方式可與兩位神君從長計議……」

「嘖，小錢的話白虎也能做到啊，他就幫我贏了刮刮樂，我還要你幹麼？」

任昭廷笑了笑，「妳當眞以爲他能辦到？妳要不要問他是如何得知這回事。」

南朵延愣了下，把白虎舉起，盯著他看，等他吐出實情。

「其實……那時候是叔叔讓我去偷看漂亮姐姐在寫什麼……」白虎囁囁嚅嚅地說。

「漂亮姐姐？誰？」南朵延眉頭一皺，白虎只叫她「姐姐」，誰比她更漂亮被叫作漂亮姐姐？

白虎一臉無助地看向任昭廷，他很無辜，他什麼都不知道呀。

「那是財神君。」任昭廷補充解釋。

「財神？」這跟南朵延腦海中浮現的大腹便便蓄著長鬍子形象的財神好不搭調。

「就說了，這些都是職稱，性別不是重點，之所以人間對神明印象多以男性爲主，乃因古時相對重男輕女。『性別平權』這件事，神明比人類更早一步就開始貫徹執行了。」

「奇怪的知識又增加了……」南朵延感嘆，神明世界怎麼跟她想的那麼不一樣。

「那麼，妳同意了嗎？」任昭廷誠懇地看著南朵延，「接受新鬼的委託，幫助他們消除執念，了卻人間雜事，妳也不需要擔心生計，豈不是兩全其美嗎？」

南朵延思前想後，衡量再三才回答：「我只能夠答應你，在我還沒找到下一份正職之前，暫且幫你一下唄！誰叫你那麼可憐，死了也要當社畜，實在於心不忍。」

反正她被鬼纏著也不是第一次，好歹在下一份工作之前有財神爺……財神美女看顧，不用當伸手牌問家人要錢。

「現在，妳就是彼岸代理人了。」

「等等！這又是什麼鳥職稱啊？萬事屋店長也比這個好啊！就不能像工程師、醫師那樣有個師字，看起來專業一點嗎？帥大叔的職稱不也有個師字嗎？」

「那是司，司令的司。」

「司也可以啊！不然叫什麼使者不也很酷嗎？黃泉使者？還是……亡魂遺願執行使？聽起來比代理人酷多了！」

不用呼吸的任昭廷還是深深吸了一口氣，才微笑著回應：「我會把妳的意見轉達給地府。」

「嘖，多半都是意見接受，態度依舊……當官的都是這些鳥樣子……」

一向好脾氣的任昭廷此刻臉上的微笑不是笑，千軍萬馬踏過他的心頭，努力按捺住想罵人的衝動。職稱什麼的不重要，至少談成了，可以開始接受委託了……他只能如此安慰自己。

第四章

得到南朵延的首肯，任昭廷施法讓招牌亮起。

坐在沙發上的南朵延蹺著腿，端起剛泡好的玫瑰鹽可可，這是她最愛的沖泡飲品，有點貴，所以她總是捨不得買。這是媽媽夾在寄給她的水果箱裡送她的，杯子則是哥哥去年送的聖誕禮物，一杯平常不過的熱飲，對她來說是充滿親情與溫馨的愛，正好用來驅寒。

只是她才啜了一口，還來不及感嘆太好喝，一連串類似緊急警報的尖銳聲音突然響起，嚇得她差點把熱飲撒出來。

「空襲？」南朵延連忙把杯子擱在桌上，想著該怎麼逃生。

任昭廷揚揚手，聲音便戛然而止，「抱歉，我請負責製作的同仁更換鈴聲。」

「哭爸喔，弄這個聲音是想嚇誰！」南朵延齜牙咧嘴，一臉不樂。

「原則上，這只有我們聽得到，一般人聽不見。」

「整我就對了。」南朵延伸手抽一張衛生紙，擤了鼻涕就往任昭廷的方向丟，紙團直接穿過任昭廷，投進他身後的垃圾桶。

「這邊的學校沒有教妳禮儀和禮貌嗎？」任昭廷語氣無奈，覺得眼前的小女生幼稚得很。

「學是學了，但想不想保持禮貌和禮儀，得看互動對象是誰。反正你沒有實體，砸不傷你，你想說我無禮，就先實體現身唄。」

歪理！任昭廷振作精神，決定不與小朋友計較，逕自前去開門，邊走邊說：「客戶來了。」

「哪有鬼光天化日來委託啦，現在是大中午耶，又不是萬聖節！」南朵延洩憤地打了下身旁的抱枕，才跟著走到門前。

在一旁的白虎用雙手抱了抱自己，幸好跟她隔了幾步距離，不然被打的就會是他了。

兩個鬼差一左一右押著一個鬼魂到來，左邊那位是熟人了，右邊那位任昭廷是第一次見。他低頭看對方左手臂上的識別臂章，便曉得他是試用期還沒過的新人……看這胸膛挺直的模樣，這人生前不是軍人大概也剛退伍不久。

「他們也是官嗎？」南朵延倚著牆探頭問。

「站沒站姿，成何體統！」任昭廷直接伸手把南朵延拉到身旁站好，「官差也算是官吧……他們的頂頭上司是白無常。」

「黑白無常的白嗎？所以無常是你們那的警政署署長？」南朵延邊問邊把剛來到她腳邊的白虎抱在懷中。

地府與人間的職務編制有很多差異，任昭廷一時半刻難以說清，但總得讓南朵延理解多一點，以免日後因為不熟悉而闖禍。

「要比喻的話，其實更像是關務署署長，畢竟是執行邊境管制為主。大部分鬼差實質上是隸屬於罰惡司，兼任警政署和矯正署的職務。」任昭廷講解過後，微微欠身與鬼差致意，「這位是南朵延，請兄弟們多多照顧，若日後碰到她出現狀況，還請兄弟們出手相助，在下先行謝過。」

鬼差一職相當於人間的警察，權力雖然不大，卻是遍布最廣泛的執法部隊，也是能最快速趕至事發現場的地府人員。論職級，擔當查察司助理的任昭廷其實位階更高，只是著實沒必要對基層擺官威，打好關係才是更適當的做法。

南朵延滿臉困惑，不明白自己還能出什麼狀況，必須得讓鬼差搭救。

然而任昭廷清楚得很，魂魄缺失便會招來各種鬼魂，有他在的時候倒還好，萬一他不在場，又有惡鬼作亂殃及南朵延，那便大事不妙。

「那是必然，任大哥儘管放心。」右邊的鬼差作揖欠身，「此乃唐懷勇，有心願未了，正好趕上你們開張。」

一直低頭沒說話的鬼魂聞言立刻抬起頭，同時掙扎著想上前。

南朵延這才把注意力放到鬼魂身上，不看倒還好，看了嚇得她馬上用手遮住白虎雙眼，轉身逃跑。

唐懷勇的腦袋被削了部分，扭曲的面容確實有些嚇人。

任昭廷伸手執起唐懷勇的右手一看，並沒有等候輪迴的編號。

「新鬼……死多久了，還沒審判嗎？」任昭廷想著，鬼魂能學的神通不多，一般死了有些時日的鬼都懂得復原在世時正常的外表，稍有天分的還能學會接觸實物，而附身或是殺人等難度較高的行為，多半是怨念很深的鬼魂才能做到。

「昨天才死，上班時遇交通意外，剛到地府報到便到處抗議生事，陰律司看到就讓我們把他帶來，他還——」

「報告長官，他還說鬼魂應有返回人間處理身後事的權利！」右邊的鬼差還沒說完，實習鬼差就急著插話：「不知道誰教他做抗議布條的，甚至領頭抗議，質問為何單憑生死簿就主宰人的死活，要求交代評斷人們死活的原則、程序和辦法，超猛的！我都不敢這樣跟白大人說話。」

「以後麻煩兄弟先替還不會恢復原形的新鬼復原一下，南朵延經不住驚嚇，常常麻煩福德正神出手收驚似乎不太妥當。」任昭廷揮一揮手，讓唐懷勇恢復意外前的模樣，又向室內傳音：「回來吧，沒事了。」

南朵延被嚇得不輕，猶豫再三才踏著不安的腳步而至，臉色都快要比白虎更白。

任昭廷見狀皺了皺眉頭，南朵延原本就魂魄不全，現在竟嚇得快要離魂。他只得把手負在身後，悄悄畫了一道鎮魂符，再打進她身體裡。

南朵延無法察覺，但眼前的鬼差都能看到那道符咒光芒，他們互看了一眼，立刻會意任昭廷說她經不住驚嚇是什麼意思。魂魄不穩離體，輕則暈眩，重則昏迷不醒，許多沒有意識的植物人便是魂魄沒有回歸肉身的結果。

儘管還在害怕，南朵延微微發抖的手依然擋住白虎的視線，直至確定畫面兒童適宜觀看。

剛剛面容可怕的鬼，現在穿著一身修身又合身的西裝，似乎是訂製的，皮鞋乾淨得發亮，全往後梳的油頭也頗爲講究，即使不是典型的帥哥，五官也算清秀，讓人感覺乾淨清爽。

「咳咳——」南朵延清了清喉嚨，強裝鎮定看向任昭廷，「你替他整容了？」

「他死之前就是長這樣。」見南朵延一臉疑惑，任昭廷繼續補充說明：「地府的神職人員無論是正神還是普通公務員，都被賦予能恢復鬼魂原來面貌的神通，某程度也是減少鬼魂對地府產生不適感的一種防範措施。不只恢復容貌，盲人也可以重見光明，失聰的人亦可以重新聽到聲音。」

「那可以變回任何年齡時的自己嗎？」南朵延追問。

「理論上可以，即使是先天缺陷，也是魂魄進入肉身之後才形成的。」見南朵延眨著亮晶晶的眼睛，注視著他期待後續，任昭廷就知道對方並沒有太明白他說的話，「確切來說，我們是讓魂魄重新有一個完整的形態，但只可復其曾經歷過的時期，無法再長大。」

南朵延歪著頭，所以白虎就一直會是小學生的狀態，直到他輪迴轉世……

「那個……任大哥，這邊處理一下？」鬼差適時打斷二人對話。

南朵延被任昭廷輕輕一推，推到了唐懷勇跟前，才撓撓頭一臉彆扭地問：「你有什麼心願啊？」

唐懷勇一臉激動卻未回話，南朵延疑惑地扭頭看向任昭廷。

大概是在地府帶頭滋事，被下了禁制，任昭廷伸手，在唐懷勇的臉上停留數秒，「現在可以說了。」

「妳才整容，我是純天然美男子！」

小器！不過說一句而已。南朵延撇撇嘴，「你有什麼心願趕快說喔！趁我還好說話的時候。」

「幫我刪掉筆電D槽裡的東西，很急！要是被我家人發現就不好了！」

是國家機密文件嗎？在地府生事只爲了刪D槽？任昭廷與南朵延不約而同對看了一眼，如此簡單的事情也要委託他們？

「所以D槽裡有什麼東西，讓你不惜得罪地府的人也要刪掉？」南朵延打算追根究柢。

唐懷勇低不可聞地說了些什麼，嘴唇甚至都沒動，連任昭廷有神通加持，聽力比常人好都聽不見。

「大聲一點，完全聽不到。」南朵延有點不耐煩，然而唐懷勇再說了一次還是一樣小聲，「你再不好好說話，我就讓他再禁你聲！」手指指向任昭廷。

唐懷勇深深吸了口氣，像是豁出一切般大聲喊話：「A片啦！」

南朵延摸了摸自己的耳朵，耳膜好像有點痛。

聽到不妙的關鍵詞，任昭廷默默用手指在空中畫了道符，分別打進唐懷勇和鬼差們體內，再把他們請進室內……這種話題還是別在公共場合討論比較好。

所有人入內後，唐懷勇娓娓道來委託的細節。

片刻後，任昭廷和南朵延默然不語。

小孩子不懂事，在南朵延懷中的白虎沒什麼顧慮便問出口：「什麼是A片啊？」

「這隻貓怎麼會說話？」唐懷勇很驚訝。

「是白虎！」南朵延心裡有無數隻草泥馬在奔騰，還是耐心跟白虎解釋：「A片就是……變成大人之後才能看的愛情動作片。」

她的第一宗委託，竟然是要去唐懷勇的公司，把他的筆記型電腦拿到手，然後刪掉D槽裡的A片。因爲那些不是普通的A片，準確來說，那叫GV——Gay Video。

這項工作的確不是困難的任務，可南朵延並不太想搭理他。

「A片就A片啊。」南朵延聳聳肩，覺得這完全不是值得大鬧地府的事，「現代人大多數都看過了吧，沒什麼好怕，被家人發現也不會怎樣。」

「很重要！爸媽不能看到，我沒有跟他們出櫃，他們要是知道自己的兒子是個gay，一定會很失望。我已經讓他們白髮人送黑髮人了，再讓他們知道這個祕密就太不孝了！」唐懷勇激動得要往前撲去，被眼明手快的鬼差伸手壓制。

「愛男生還是愛女生不都是愛人……」自娘胎以來從沒談過戀愛的南朵延其實不

懂這些情愛糾結。

「對老人家來說就是很大的差別！他們還指望我跟我哥能幫他們傳宗接代，生個孫子給他們帶。」唐懷勇急忙解釋。

「還傳宗接代咧，你家有皇位要繼承嗎？不過……你跟你哥生孫子？」南朵延歪著頭，一臉認真，「現在的科技已經進步到精子和精子可以結合生子了嗎？」

「不是我跟我哥一起生，是分開娶老婆啦！」

「我還想說你父母那麼特別，支持骨科……」

唐懷勇被南朵延氣得不輕，轉而看向任昭廷求助。

此時的任昭廷卻在思考「骨科」是什麼意思……

「爲什麼不能支持骨科？」白虎突然插話。

「這些都不是重點好嗎？不懂就去餵狗，現在重點是我的委託好嗎？」唐懷勇很著急。

「爲什麼要餵狗？」換任昭廷發問。

「Google啦！Google諧音『估狗』，去Google搜尋的意思。」南朵延搖搖頭，這一大一小都不懂事。

任昭廷不自然地摸摸鼻子，當了二十四年的殘魂，早與人間完全脫節，如此差距不是在地府補幾堂課就能追上的程度，「回到唐先生的委託。按你所說，你的筆電在辦公室，辦公室的保全嚴密嗎？把你辦公室的資訊，以及覺得可行的辦法告訴我們吧。」

聽了唐懷勇的一番講解，任昭廷和南朵延心裡都有個大概，為防唐懷勇的家人先一步到辦公室把他的用品領回，最好馬上動身攔截。至於方法，南朵延打算採用唐懷勇提的方案。

「我都跟同事說我有一個長得很可愛的女朋友，妳演我女朋友一定能混進去！」

「不行。」

鬼和人同時回頭看向表達反對的任昭廷，南朵延更是忿忿不平地說：「你認為我不夠可愛嗎！」大有任昭廷一旦點頭就要罵人的趨勢。

「我覺得她很可愛啊。」唐懷勇說得理所當然。

白虎也用力點頭，南朵延見狀想要冒升的火氣才降下來。

「可愛歸可愛，但妳知道說謊的話，將來進地府是要被審判的嗎？」任昭廷正經八百地說。

「啊不然你想怎樣？大搖大擺進去說你剛死了的員工找我幫他清電腦？」南朵延翻了個白眼，「謊言也分善意和惡意好不好？你上司那麼厲害，一定能分辨出來，不會這麼不講情理啦。」

「不好意思，容我插句話。」鬼差突然開口：「確定接案的話，就交由你們負責，我們不管你們要怎麼執行，但我相信換來的功德應可抵銷這種程度的謊言。他還沒接受審判，時辰不早，我們得把他帶回地府了。」

差點就忘了家裡還有兩個鬼差在。南朵延抬了抬下巴，瞪眼看著任昭廷，彷彿在說「看吧，鬼差也站在我這邊」。

任昭廷有點無奈，不過也只能點頭，作了個「請」的手勢，讓鬼差把唐懷勇帶離開。

「等一下！」南朵延突然掏出手機，跑到唐懷勇面前，「你手機的相簿有上傳到雲端嗎？還是你有玩臉書、IG、推特之類的，給我帳密，借用你幾張照片。」

「可以我自己輸入嗎？」

唐懷勇伸手想抓住手機，但左右手都直直穿透過去，任昭廷只得施法讓對方暫時能接觸實體。

存了幾張照片到南朵延的手機，唐懷勇沒忘記按下登出按鈕，十分謹慎。臨走時，他還不忘再次強調，「拜託你們了，一定要幫我刪掉那些A片！」

假如唐懷勇的筆電安裝了遠端控制，又或是南朵延以前有認眞跟隊友學習駭客技術，這事就眞的很容易辦了——那位駭客是她在大型多人角色扮演遊戲裡認識的同隊戰友。

✦

南朵延在出門前先吞了一顆感冒藥，她可不想一直流鼻涕，鼻子會被擦破皮。

「妳生病了，回來的時候去看先生……不對，你們是叫醫生，去看醫生吧。」任昭廷好心提醒。

「當你平均每個月生病兩次的時候，你也能久病成醫，知道該如何處理。」南朵延拉開客廳五斗櫃的其中一格，其中滿滿都是成藥，中藥西藥都有，營養補充品更是琳瑯滿目，「不是大病都不用看醫生，吃點藥就好了。」

任昭廷抿著嘴，心知是自己害南朵延體弱多病，頓時沒有顏面再勸說。

這次出任務平實得很，沒有飛天遁地，也沒有任何超能力，讓南朵延感到有點掃興。

因爲沒有交通補助，南朵延只能搭公車前往唐懷勇所說的公司地點。睨著身旁不用刷卡就能搭車的任昭廷，還有硬要跟來占了她半個背包空間的白虎，她嘆了口氣……只有人類沒特權。

爲了避免被看不見也聽不到任昭廷的路人當成瘋子，南朵延早有準備，戴上了藍牙耳機，「欸，地府長怎樣啊？」

「跟人間很像。」

「眞的假的？我還以爲會很陰森恐怖呢。」

「地獄可能是，但我沒去過。」見南朵延一臉好奇，任昭廷接著解釋：「地府要容納許多暫時居留的鬼魂，看見熟悉的畫面可以讓他們感到親切，減少死後恐懼，安分等候審判或輪迴。」

「原來還有這個考慮。」南朵延了然地點點頭，「那外國人也叫你們鬼差嗎？你們會講英文嗎？」

「除了少數初始神外，大多神明都曾是普通人，有各國的人，也就有各國的神，就像不同地區有不同政府一樣。因爲前面提到的原因，這些神大多也會幻化成該地人熟悉的模樣。就像白虎說我上司穿得很潮一樣，查察司職務多與人間有關，祂這樣能減少人類和鬼魂看到祂時的抵觸感。」

「你上司也挺爲人著想的嘛。」

的確，對任昭延來說，查察司是個好上司，知道他凡心未了，便與陰律司說情，讓他去輪迴投胎，回到人間找尋他的愛人。

在他那個年代，多的是血灑疆場的人。他不怨戰爭，也不悔棄筆從戎，卻一直懊悔自己不夠勇敢。

任昭延從來都是長輩口中人人稱羨的「別人家的好孩子」，一直都是父母引以爲傲的小兒子。他幾乎所有事都可以達到父母的期望，甚至做得更好，除了一件事——他至死都尚未結婚生子。

在與現在的南朵延差不多年紀的時候，任昭延認識了田靜，一個溫柔婉約的醫師之女。

他們相愛，在自由戀愛還沒那麼普及的時代，兩人只能偷偷牽手，瞞著家人們談一場純純的戀愛。

可惜的是，後來好友的父親與那名醫師相識，兩位長輩竟把田靜許配予任昭廷的好友。

任昭廷得知以後，本著「朋友妻，不可欺」，自作主張地忍痛與田靜分手，即便他才是莫名被「橫刀奪愛」的人。

或許當時的他只要敢勇敢提出異議，婚事便有可能取消，又或許他只要與田靜私奔，他都可以與她長相廝守……不知道田靜那時有多失望，才會在最後同意與任昭廷的好友成婚。

眼睜睜看著田靜與他好友生下的孩子慢慢長大，會說話、會跑步……偶爾還會抱著他這叔叔的腿撒嬌，心中只有田靜的任昭廷活得並不快樂。

家中兄長已經成婚生子，唯獨他一直未婚。

每次看到田靜或好友，任昭廷心裡都不是滋味，不過他始終循規蹈矩，未敢逾越半分。是故，當戰爭開始，他便義不容辭自願從軍。

讓有孩子的好友安心顧家、讓兄長照顧高堂妻房，這些都只是冠冕堂皇的理由，他只是不想再看到愛人在別人懷裡——沒想到，他這麼一去，就眞的再也不見。

如果給任昭廷一個機會，能再次看到田靜，他要爲過去道歉，重新向田靜告白，與田靜許下下一輩子無懼困難也要在一起的承諾，還要用下一輩子來償還這輩子欠田靜的一切。他定會求月老給他紅線，一人一端，綁在彼此的尾指之上，讓投胎之後的他們也能夠相認。

可惜，地府那麼大，任昭廷就是沒等到也沒找到田靜。

這次任昭廷奉命來到人間執行任務，除了保護和協助自己的轉世，無論田靜尚在人間還是已然轉世，他也要尋到田靜。

第五章

南朵延抬頭看著招牌，再三確認這就是唐懷勇所給的地址無誤，原來「公司」指的是議員辦事處啊。

「確定我能順利取得他的筆電嗎？議員會不會掌握一些政府機密資料？按常理應該不會讓我碰他的東西……畢竟很多醜聞和豔照都是維修筆電的時候外流出去的。」南朵延撓撓頭，這事好像沒有想像中容易。

「他是這裡的員工，最清楚狀況，他提出的方案大概是可行的，先試試吧。」任昭延也是頭一次執行任務，只能走一步算一步。

稍作準備，南朵延鼓起勇氣踏進議員辦事處。

當她一隻腳踏進門內時，任昭延的身影頓了一下，猛地扭頭一看，凌厲的目光鎖定街角一隻想要伺機纏上南朵延的小鬼。若他細心觀察，就會發現小鬼身上散著極淡薄的紫紅色。

不曉得任昭延從哪裡變出幾張剪成人型的黃紙，低念一句，黃紙就往小鬼奔去，牢牢抓住小鬼雙腿，任小鬼怎麼掙扎也不放手，小鬼就這麼固定在原地。小紙人可用時效不長，遇水也會失效，不過眼下情況已經很夠用了。

此時議員並不在場，整個辦公室只有一位笑容可掬、看起來跟南朵延差不多大的男生前來接待，據說是議員助理。

南朵延不經意地回頭，疑惑任昭廷怎麼還沒進來，卻也沒辦法有所作爲，只好先跟議員助理說明來意。

不一會兒，被小紙人牢牢定住腳步的小鬼便被在此區域巡邏的鬼差押走，除此之外，任昭廷意外發現日遊神也在附近不遠處。

「有勞日遊神。」任昭廷作揖打了個招呼。

作爲十大陰帥之一，晝日在人間遊蕩的鬼魂都歸日遊神管理，是地府裡少數在人間有任務要執行的神職。

「作爲同儕，我給你個忠告。」原本相隔了十幾公尺的距離，眨眼間日遊神就來到任昭廷眼前，「如果我是你，我不會救她，她死了不是更好嗎？可以馬上進入輪迴，一同步入投胎之路，投胎成人之後便是完整的魂魄，你和她都能夠解脫，不需要做這種無謂的任務。」

「多謝日遊神關心，雖然聽起來一舉好幾得，但我殺她不就等於自殺嗎？自殺也是要下地獄的啊，更何況任務是否無謂也得先做過才知道，沒什麼事的話，我先去忙了。」任昭廷再次作揖，左右看了看，確定沒有任何危機以後，回到南朵延身旁。

「愚子不可教也！」被頂撞的日遊神別過頭，竟看見站在屋頂上的罰惡司，馬上閃身來到對方跟前單膝下跪，「參見大人。」

「起來吧。要是閻羅王見了，又要說祢遵常守故。」罰惡司睇眼盯著議員辦事處，「就算祢說的話沒錯，他也不會聽祢的，因爲祢不是他的直屬上級。」

「屬下只是覺得讓他這樣胡來實屬不妥，自古並沒有這樣魂魄分身的先例，前世今生同時存在有違天理。因他原故而使生死簿被改寫，擾亂生死秩序，明明犯了地府規條，不嚴懲他反而恢復他神通，還讓他在人間出入自如，若被其他人知道了，地府規條被當作笑話是其次，如果跟著仿傚，那便是覆水難收的大事了。」

「祢想得到的事，難道我想不到？」罰惡司斜睨著日遊神，要是祂在閻羅王下決定時也在場，就會曉得自己當下是如何據理力爭。

「反對！任昭廷的執念使他的轉世陽壽不穩、生死簿被改寫，乃違反地府條規的重罪。他是罪人之身，若如此安排，豈不是讓他擁有如神明般的分靈作用？簡直擾亂陰陽秩序，成何體統！」

「正如我剛才所說，任昭廷本性善良，這並非他的本意，他只是——」

「查察司此言差矣！」罰惡司揚手打斷查察司的發言，「難道無心殺人就不是殺人了嗎？雖然是他的轉世，卻也是活生生的人啊！他改寫了人的陽壽，使其壽命變短，也是殺人的一種！」

陰律司替查察司說好話，當即翻開了生死簿，「此刻生死簿上南朵延的陽壽正常，只要任昭廷將功補過，穩住南朵延的陽壽，便不存在殺人一說。」

「那也是殺人未遂！」罰惡司睨陰律司一眼，才轉身向閻羅王進諫，「大人，此事萬萬不可，一開先例，覆水難收啊！」

「祢有憂慮實屬正常。」閻羅王來到罰惡司身旁，伸出左手輕輕搭著祂的肩，「即便有罪，若有悔改之心，給他機會未嘗不可。他既在我們的掌控之內，在人間又有分身可供差役，恰好規避地府神職干擾人間事務的風險，沒有誰比他和他的轉世更適合執行任務。」

罰惡司扭頭還想要說，但閻羅王搭在祂肩上的手暗中發力，雙方對視了數秒，最後閻羅王拍拍祂的肩膀，拂袖而去。

閻羅王擺明主意已決，罰惡司再說下去也沒有意思，只好暫且作罷。

想起當天的事，罰惡司心中難免仍忿忿不平，重重地從鼻子呼出一口氣，低聲道：「他不算什麼，他背後有誰才是重點。」

「屬下真不懂閻羅王為何會聽信陰律司和查察司所言，那麼多惡鬼在人間搗亂，抓鬼幹活的是我們，祂不好好替我們想些有用的辦法分擔工作，還聽從那些餿主意！」日遊神眉頭緊皺。

「天庭銳意改革，地府也不能坐以待斃，只是以後就麻煩多了。」

「他們這是嫌陰陽兩界還不夠亂啊！」

「確實，陰陽兩界還不夠亂。」瞥見日遊神疑惑的神情，罰惡司嘴角微微一勾，「亂到極致就能撥亂反正了。」

日遊神來不及細想，就見罰惡司伸手畫出一個圓，抬腳踏進去，祂只好緊跟其後，離開現場。

另一邊，毫不知情的南朵延正在議員辦事處，強裝鎮定，試圖以演技完成任務。

議員助理聽聞南朵延的來意，馬上拋出一個問題：「妳就是他那位傳說中的女朋友？」

天助我也！此時南朵延根本還沒自我介紹。她馬上乘勝追擊，掏出手機展示待機畫面，「你看，他那時笑得那麼開心，我們還約定要存錢，將來帶著我們的寶寶一起去環遊世界……」

待機畫面和桌布都被她換成了唐懷勇給的照片，加上因為擤鼻涕導致鼻頭紅紅的，配合哭腔，儘管擠不出眼淚卻反倒有種隱忍逞強的悲傷。

「哎……節哀。」議員助理重重地嘆了口氣，從抽屜裡取出一大串鑰匙，招招手讓南朵延跟著他。

辦事處裡頭有幾格上了鎖的員工置物櫃，其中一格櫃子上寫著唐懷勇的名字。

「我們的私人物品都得放到置物櫃，像是手機、筆電，在工作時都得鎖起來，避免資料外洩。」議員助理找了一會兒才找到唐懷勇置物櫃的鑰匙，順利打開後，果然發現了他的筆電，「原則上，遺物只能給家屬，但我聽阿勇說過他家的事，你們被父母反對都要在一起，眞的很勇敢。不過我只能讓妳在這邊取回妳說的照片，筆電不能讓妳帶回去。」

「當然，我明白。」南朵延用力點頭。

「爲了再次確認妳是阿勇的女朋友，請妳直接輸入密碼吧，女友應該會知道他筆電的密碼。」議員助理打開筆電，把螢幕轉成面對南朵延，自己則別過頭避免看到密碼。

南朵延按捺住想要上揚的嘴角。她當然知道密碼——唐懷勇告訴她的。

成功登入的聲音響起，議員助理滿意地笑了笑，又領著南朵延走到一旁的會客室，「請坐。我就不打擾妳了，半小時夠嗎？再久一點怕議員回來。」

「可以的，謝謝你，我家勇勇有你這麼好的同事眞好。」南朵延抿著嘴假裝傷感，演戲得演全套。

等議員助理離開，一直躲在南朵延背包裡的白虎趁機爬了出來。

南朵延急躁地操控著筆電，試圖尋找唐懷勇說的資料夾，然而翻遍了D槽就是沒找到，「他是不是把資料夾隱藏了啊……」

任昭廷很想幫忙，可礙於對現代科技的不熟悉，最終還是什麼都沒說。

「啊——」南朵延突然興奮地舉起手臂，「感謝谷歌大神！」

什麼大神，還有神明是他不認識的嗎？任昭廷默默思索著。

同樣困惑的還有一直在旁邊悄悄偷看的白虎，幾秒過去，他們默契地把目光投向螢幕。

「咦？」除了唐懷勇說的資料夾，還有另一個資料夾也顯示出來，預覽圖上的人令南朵延感到很眼熟。

南朵延好奇心大過天，想也沒想就點開委託人沒提及的資料夾以及圖片——畫面上跟唐懷勇勾肩搭膀的人，她認識。

「這些照片留著會露餡吧，我先雲端備份，再刪掉電腦上的，要是他不想刪，我也能幫他復原。」她信口張來就是正當的備份理由。

任昭廷聽不懂，更不曉得南朵延的小心思，只是聽著合理便點頭同意。

私事完成，南朵延才點開委託人指定的資料夾，一堆男男影片預覽圖當即進入眼簾。一眼看上去好像沒什麼兒童不宜的畫面，她的滑鼠游標繼續往下，任昭廷便發現大事不好，馬上伸手遮住白虎的視線。

眼見南朵延想要點開其中一段影片，任昭廷馬上轉頭，一臉糾結地低喃：「非禮勿視！非禮勿視！」

「總要稍微確認一下，免得刪錯資料啊。」南朵延回頭瞥了眼，嘖了一聲，看不慣任昭廷的假正經。

她才剛點開影片，會客室的門毫無預警打開了。即便她立刻把筆電合上，還是漏出兩個不該出現的音階。

兩名來人其中一位是剛才的議員助理，另一位是個高高瘦瘦約莫三十歲出頭的男子，尷尬的氛圍彌漫整個會客室。

「咳——」南朵延低頭恨恨地瞪了任昭廷一眼，責怪他沒幫忙把風，「勇勇的筆電好像中病毒了……」

「那個……他是阿勇的哥哥，唐懷智……」議員助理試圖幫忙打圓場。

「妳是阿勇的女朋友？」唐懷智滿臉寫著不屑，「我們需要空間聊聊。」

看在議員助理眼裡，正好坐實了唐懷勇與南朵延談戀愛被家人反對的事。

「兩位有事好說，慢慢說，千萬別動氣。」議員助理留意著兩人的眼色，關門時還用口型跟南朵延說「有事就大叫」。

會客室剩下他們，還有對方看不見的任昭廷，白虎則識趣地一動不動做好公仔的本分。

「說實話吧，妳是誰？爲什麼要冒充我弟的女朋友？」唐懷智自然地拉過椅子坐下，蹺著二郎腿，手指在桌面上敲打著。

「大哥你看，我還能不是勇勇的女朋友嗎？」南朵延只好再次出動手機桌布。

看到剛逝世的弟弟，儘管只是照片，也讓唐懷智的表情明顯有所動容。他吸了吸鼻子，卻還是斷言：「我弟不可能有女朋友。」

南朵延瞇了瞇眼睛，「你知道了什麼？」

「知道妳也知道的事。」唐懷智仰頭深深吸了口氣，「妳是他閨蜜對吧？說實話，不然我就要把妳帶到警察局了。」

「昨晚阿勇託夢給我了。」被誤認成閨蜜，南朵延順勢將錯就錯，不經意瞥見任昭廷一臉「妳怎麼又說謊」的表情。

「他讓妳來取他的筆電？」

「正確來說，他是想我幫他刪掉一些東西。」南朵延乾脆把筆電重新打開，讓唐懷智自己看。

「這傢伙眞是……浪費託夢的機會……」唐懷智接過筆電，直接合上，「不用刪，就這樣吧，完整地保存所有屬於他的東西。」

「可是他說不想被父母知道，不想讓他們感到失望。」南朵延代替往生者說出他的顧慮。

「這傢伙就是一根筋才會一直單身找不到男朋友！」唐懷智突然說得咬牙切齒，說罷卻又湧出一眶眼淚。

南朵延手忙腳亂遞上衛生紙，「所以，你早就知道他喜歡男生了？他爸媽也知道了嗎？」

「都知道啊，那傢伙還想著要裝，裝個屁！明明就不會演戲。」唐懷智止不住眼淚，悲傷中還帶著恨鐵不成鋼的心情，「他國中的時候，我就猜到了……後來他交了一個男友，有次在街上，被我看到他們牽手，他應該不知道。

「爲了那傢伙，我還幫他跟老爸老媽打預防針，灌輸他們『愛一個人的靈魂比愛一個人的性別更重要』的觀念，差點被老爸以爲我才是要出櫃的人。好不容易才讓爸媽思想變開明了，就等著他哪天眞的帶男朋友回家見家長，跟我們坦白這件事……」

那時，因爲他被誤會喜歡男生，才逼不得已說出實情，爸爸媽媽當下根本不肯接受弟弟的性向。直到有一天，媽媽打掃房間的時候，發現弟弟收在枕頭套裡的模特兒寫眞集，封面不是性感女生而是性感男生。

她拿著寫眞集給爸爸看，翻開內頁是一具具性感的男性胴體，甚至還掉出幾頁猛男的裸體月曆，兩老才終於接受了事實。只是大家都有默契地不說破，媽媽默默地把寫眞集放回原處，當作沒有看到。

在弟弟回家吃飯時裝模作樣說有女朋友時，爸媽也只是互看了一眼，一副了然於心的模樣，都在等一個坦白。

「那傢伙……就是名不符實，沒勇氣，連死了都還想瞞住我們！能託夢就該來找我或是老爸老媽啊！找妳刪A片？他腦袋在想什麼……幹！」唐懷智用力捶了一下桌面，接著伏在桌上哭號起來。

那一聲「幹」加上敲擊桌面的聲音，驚動在外頭的議員助理跑來察看情況。

「沒事沒事，哥哥太傷心而已，不好意思。」南朵延一手輕拍哭得像個孩子的大男人，一手示意著沒事發生，請議員助理先離開。

「他就是出了名的沒有膽，叫什麼阿勇，膽小鬼！」

唐懷智的中氣很足，即使伏在桌上，傳出來的聲音有點模糊，每字每句依舊讓南朵延聽得清楚。

「唉，都嘛是這樣，缺什麼命名什麼。」南朵延本想好意安慰，未料不只唐懷智立刻坐直瞪著她，連任昭廷也皺起眉頭。

還好唐懷智大人有大量，沒有跟南朵延計較，在平復情緒之後，還是很感謝南朵延爲了一個夢特意前來一趟。

離開議員辦事處，前往公車站的時候，南朵延又戴起藍牙耳機，「剛才我說錯話了嗎？」

「當然。」任昭廷嘆了口氣，無心傷人的傷人才是最痛，「妳這樣說不只罵了唐懷勇，還罵了唐懷智，沒有勇沒有智，才會命名『勇智』。」

「是這樣嗎……」南朵延歪著腦袋思考，「雖然我沒這個意思，不過唐懷智看起來也不怎麼聰明，不然怎會成功被我唬住？我沒說錯啊。」

「就算沒說錯，也要考慮對方的感受。」任昭廷像極了循循善誘的老父親。

「這樣還能拿工資跟功德値嗎？」南朵延更在意這點。沒有刪除D槽裡的A片，但有個尙算圓滿的結局，不曉得算不算完成任務……她可不想做白工。

「放心，我會好好說明，不會虧待妳。」任昭廷睨著身旁拿起白虎把玩的南朵延，心中慨嘆著，怎麼他們一點也不像。

「好吧，反正無驚無險又一天，讚啦！」南朵延揚起爽朗的笑容，伸手去捏白虎的臉，「你說是不是啊？小白虎。」

白虎滿面嫌棄地想要拍開南朵延的手，任昭廷見狀笑了笑……不像自己也沒關係，心大也有好處吧。

公車到站時，卻不見南朵延動身。

「不上車嗎？」任昭廷疑惑地看向她，發現前一秒笑容滿面的南朵延，突然變得嚴肅起來。

「欸，讓你幫忙找個人，應該不是什麼難事吧？」南朵延抱著白虎，在公車站的長椅上坐下來，思緒飄到很久很久以前。

小時候她區分不了是人是鬼，但因為年幼，沒人會把她的怪異行為放在心上，只會視作小朋友在玩樂或是一種求關注的行為。到了國中，她懂得區分卻還沒懂怎麼應對，導致她的怪異行為在團體之中顯得特別不合群。

那個年紀的學生總有小圈子，也愛排擠異類，像南朵延這樣，長著一張乖巧臉得老師歡心的怪學生，最招人眼紅和討厭。

課與課之間，不能當逃兵的下課十分鐘，是南朵延最討厭的時間。

「還我！」南朵延伸著手跳起來，怎麼都搆不著別人高舉的手。

幾個女同學把她圍住，看她的眼神就像在看一場笑話，帶頭欺凌的高個子，把包包甩到地上，手中握著幾片衛生棉。見南朵延想要搶，其他女同學替高個子拉住她，她掙扎著卻反抗不了。

「我們班上那麼多男生，妳把衛生棉特意拿出來是要勾引誰啊？」

「明明是妳們搶我的包包把它翻出來的……還我！」

「妳今天生理期喔？」高個子明知故問，揚揚手接過跟班遞來的剪刀，當著南朵延的面把衛生棉全都剪破，「哎呀，不好意思，剪刀眞鋒利呢。」

「你……」南朵延抿著嘴，壓抑委屈得想哭的情緒，死命瞪著眼前的人。

「眼睛大了不起？妳也只能抬頭看我，什麼都做不到呢。」高個子臉上是猖狂又藐視的笑容。

「小朋友嗎？開玩笑還不懂分寸？」一道男聲突兀地橫插在她們之中，「想被記警告嗎？」

「哪來多管閒——」高個子不耐煩地回頭，卻見本來圍在她身旁的跟班都退開了，只剩下比她高的學長居高臨下俯視著她。

「我說，想被記警告嗎？」

「薛仕凱……你爸是訓導主任又怎樣？這是我們女生的事，關你屁事？而且你不是我們班的，憑什麼進我們教室？」

「我幫你們的國文老師跑腿。」薛仕凱抬起下巴，講桌上擺放著一疊作業。

「別惹他……」一旁的跟班輕輕拉著高個子，大家都只是玩玩而已，不想陪誰一起被記警告。

高個子不服氣，舌尖舔了舔後槽牙，正要發作時上課鐘聲響起，只得倖倖然把剪壞了的衛生棉砸在薛仕凱臉上。

「對不起……」南朵延的聲音幾乎被周遭的喧鬧蓋過，她咬著唇拾起那些被剪壞已不能用的衛生棉，默默收在口袋之中。

「午飯的時候來三年級找我。」薛仕凱說完便匆匆離開教室。

然而南朵延沒有去找薛仕凱，只是病懨懨地伏在桌上，連離開教室的勇氣都沒有，就怕一離開，自己的物品又會被人拿走，或是被塗鴉毀損。

「叩叩——外送來囉。」薛仕凱見南朵延沒來找他，直接找到班上，把一小袋包得很嚴密的東西塞進南朵延手中，低聲說：「我問了好幾個女同學才要到的，差點被當變態，妳要收好。」

南朵延很驚訝，萍水相逢的學長居然替她要來了衛生棉，他甚至可能不知道她的名字。

未等南朵延回應，薛仕凱就瀟灑地離開，班上的同學開始竊竊私語。

不用幾天時間，傳聞滿天飛，互不認識的兩個人就被默認是情侶。

南朵延沒有怪薛仕凱，雖然傳聞內容很刺耳，但託他的福，那些同學大概不敢再明著欺負她了。

後來偶爾在學校碰面，薛仕凱都會主動跟她打招呼，起初南朵延還以爲學長對她有意思呢，但直至畢業，他們都沒交換過聯繫方式。

如今想來，薛仕凱可能眞的只是出於正義感而多管閒事，或者人家從頭到尾都不喜歡女生……也對，男生很少這麼貼心，連跟女同學借衛生棉都毫不排斥。

「能找到嗎？」

「找人不難，花點時間即可，問題是，我不該干涉這些事，人間事務理應——」

「用功德値換一下唄。再說，這也算在委託任務之中啊。」

「唐懷勇並沒有這項要求。」

「你用一下你的魔法會死是不是？」南朵延猛地站起來，語帶諷刺地背對著任昭廷，「死了的人都特別冷血嗎？也對，死了涼透透，冷血是應該啦！啊，抱歉，我都忘記你甚至沒有血呢。」

「你——」儘管理智告訴任昭廷不該跟小朋友生氣，然而火氣還是蹭蹭往上升，

「不是魔法！是神通！」

「姐姐、叔叔……不要吵架好不好……」夾在中間的白虎很為難，他最怕大人們吵架了。

「無理的要求，恕難從命。」任昭廷冷冷地說。

「呵，老古板，你說這是無理要求，那你們對我的要求就他媽的有理囉？莫名奇妙要接任務，我還不能拒絕！我幫你們這些鬼是應該的嗎？你們地府眞了不起，官字兩個口好棒棒喔！你？半神？說好的神愛世人呢？根本就放屁！打我一巴掌，我還要把臉湊上去讓你打另一邊？哈。」

「別口出狂言。」任昭廷知道南朵延是故意挑釁，只是再由著她造口業也不是好

事，畢竟業也會回饋到任昭廷身上。

「一點小忙都不願意幫，還是說你根本沒有這個能力啊？」南朵延挑挑眉，換個方式逼任昭廷幫忙。

這點小把戲任昭廷哪會看不穿，何況她說的話確實有幾分道理。某程度上，是他犯錯需要功過相抵，南朵延是被連累的，只是眼下還不是跟她說明這一切原由的時候，要是她知曉緣由，還不直接翻臉不認人？

「行，我幫妳，但請妳別再口無遮攔，不然會下地獄。」

「我下地獄也不關你的事，你放心。」

任昭廷有苦說不出，只能無奈嘆氣，一手變出紙人，低念了幾句，小紙人便朝四方八面奔去。

「哇，榮恩，這玩意比魔杖更好用啊！」看到新奇的事物，南朵延臉上終於恢復笑容。

「榮恩是誰？」

第六章

風和日麗的平日上午，上了年紀的保全正躲在桌上的擋板之後，邊吃早餐邊用手機查看股市情況，一點都沒注意周遭。如果單看小電視上的監視器畫面，確實也不會發現什麼異常。

任昭廷走在靠近保全的位置，遮擋住南朵延，兩人鬼鬼祟祟地溜過櫃檯。有任昭廷的遮擋，他們彷彿變成透明人一樣，監視器畫面完全看不到有人存在。

保全感覺到一陣風，抬頭看了眼，什麼都沒看到，又低頭繼續做自己的事情。

剛走到樓梯轉角的南朵延拍拍胸口，順利躲過保全耳目，任務就踏出成功的一大步。

片刻後，南朵延喘著氣走到了五樓，還大咧咧地坐在人家門前休息。

跟隨指示按下2、0、1、8，委託人說這是購房的年份，很有紀念意義，密碼鎖卻發出輸入錯誤的聲響。

「怎麼會有人連自家密碼都記錯了？還好我有兩手準備。」戴著手套的南朵延不得已脫下一隻手套，打開手機的影音軟體，點開一段教學影片，現學現賣從背包掏出軟毛刷和碳粉，「不過我們這算不算是無故侵入他人住宅啊？」

「我們得到了住戶同意，就不是侵入住宅，此外，我們有任務在身，更不是無故。」任昭廷抱著雙臂站在監視器前，離南朵延有幾步距離。

「最好是，要是沒有任何問題，我們才不用偷偷摸摸進來。」南朵延學著影片，用軟毛刷將碳粉沾在密碼鎖上，1、2、9的按鈕上就顯出指紋，乍看還挺像一回事。

「搞定了嗎？」

「你過來看啦，四位數密碼怎麼只有三個字，哪個是重覆的？」

「我過去就沒人替妳遮鏡頭了。」任昭廷一動不動，沒有要幫忙的意思。

「拜託，知道密碼才是最重要的好嗎？你除了會鬼遮眼進階版之外，還會什麼法術啊？這叫駭客來也能辦到好嗎？一點忙也幫不上，太廢了吧。」南朵延皺著眉頭撇著嘴，一臉不滿地瞪著任昭廷。

任昭廷閉著雙眼，對南朵延的瞪眼沒有一點反應。

過了幾秒，任昭廷才開口：「試試看1、9、9、2，她的出生年份。」頓了頓，他語帶抱怨強調：「是神通。除了鬼遮眼，我還會隔空傳訊。」

南朵延嘖了一聲，看著密碼鎖碎碎念：「又不是玩密室逃脫，還要解謎……」或許這個任務的最大困難便是如何進入房子吧。

四小時前，一隻鬼魂徘徊在死鬼萬事屋，也就是南朵延的家門前。

南朵延當時是被白虎硬拉起來的，原本還在床上呼呼大睡。她睡眼惺忪揉著眼睛，拖著腳步來到客廳，也沒刷牙洗臉，打了個呵欠一屁股坐在沙發上，毫不在意形象……反正看到她素顏的不是人。

瞥見鬼魂手中拿著的名片，南朵延伸手想要拿過來看，卻直接穿透，像是抓了把空氣。

「那是鬼的東西，人碰不著。」任昭廷適時解釋，又轉向鬼魂，「功德值換了結心願，規矩都知道了嗎？」

「嗯，鬼差們跟我說過了。」鬼魂看起來是個只比南朵延年長幾歲的女生，舉手投足透露出優雅與大方，卻不知為何視線常常落在南朵延擺放偶像專輯和周邊的櫃子，「我是許宥琳。」

任昭廷循例伸手執起許宥琳的右手一看——乙一二五七六二，乙等，看來生前是個好人，等候輪迴的編號則比白虎靠前許多。他左看右看，看不出對方有任何會變成惡鬼的前兆。

「妳不像是會收到名片的對象。」據任昭廷所知，目前在地府的宣傳，主要針對有可能變成惡鬼的鬼魂們。

「他們說我很容易變成惡鬼喔。」許宥琳笑了笑，伸手輕輕把耳際的碎髮繞到耳後。

任昭廷不明其意，要是容易變成惡鬼，怎麼可能沒有鬼差陪同呢？

坐在一旁的南朵延本來只是打瞌睡，在他們對話時候，直接抱著白虎再次進入夢鄉。

任昭廷大聲地清了清喉嚨，也沒把南朵延喚醒，不得已只好又喚了聲：「南朵延，起床。」但睡著的人完全沒有反應。

許宥琳眼珠轉了轉，靈機一動，「翰潔要來開見面會了！」

「見面會！」南朵延馬上睜開眼睛坐直身子，「什麼時候？」

「假的。」許宥琳露出得意的笑容。

被騙而感到生氣的南朵延隨手便把白虎投向許宥琳。

「啊——」無辜被當作棒球一樣投出的白虎，最終平安落在任昭廷手裡，「嗚嗚……叔叔，她欺負我……」

「翰潔是誰？」任昭廷拋出問題，沒有理會白虎的哭訴，讓白虎委屈得別過頭。

然而，沒人回答他……任昭廷轉念一想，不知道翰潔是誰沒關係，至少南朵延清醒過來了，也有精神聽取委託內容，轉而提問：「許小姐剛才爲什麼說自己很容易變成惡鬼？」

「噢，我是被殺死的。」見他們欲言又止似是想要安慰又不知該怎麼辦，許宥琳語帶笑意，「不過你們放心，他也被我殺死了。」

一人兩鬼都不禁倒抽了一口涼氣，白虎更是把頭埋進任昭廷懷裡，緊緊攥住他的衣領。

無論是被殺還是殺人，死後幾乎都會充滿怨氣或恨意，高機率會化爲厲鬼，可許宥琳不只沒有任何怨恨，還拿到了號碼牌有資格重新投胎爲人，甚至有多出的功德値可以換委託。

「是因爲殺與被殺剛好抵銷了業障嗎？」任昭廷歪著頭，喃喃自語。

「她會幹掉我嗎？」南朵延來到任昭廷身邊小聲地問。

還沒等任昭廷回答，許宥琳挑挑眉，率先搶答：「不會，只要妳完成我的委託。」

「不接不接不接！」對方臉上掛著笑容，卻讓南朵延不自覺地後退了兩步，甚至躲到任昭廷身後，「你明明答應過我，不會叫我接有生命危險的任務！」

任昭廷瞇起眼，試圖看穿許宥琳的心思，卻一無所獲，不過地府總不會犯那麼大的錯誤，讓惡鬼也能投胎吧？而且這人投胎的下輩子還算不錯……

「許小姐方便說一下殺人和被殺到底是怎麼回事嗎？」任昭廷放在身後的右手悄悄畫了一道符，若是許宥琳突然發難，他也能迅速反應。

許宥琳聳聳肩，逕自走到沙發坐下，「你們都打算站著聽嗎？」

坐著並不利於做出攻擊，看來許宥琳的確沒有傷害人的意思，只是任昭廷還是留了個心眼，畫了另一道符偷偷貼於沙發背上，萬一許宥琳有什麼狀況，都能被吸在沙發上動彈不得。

等兩位落坐，許宥琳才開始說話，「殺他和被殺都不是我的本意，只是事情就這麼發生了，這樣也好，總算解決了一個大麻煩，也不算死得毫無意義。」

中間隔著任昭廷和白虎，南朵延這才敢打量許宥琳。許宥琳的姿態和語調都像個受到過良好教育的人，不說話的時候頗有氣質，可爲什麼她會動手殺人呢？

「『他』是指誰？」南朵延問。

「一個自以爲是的男人，煩死了。」許宥琳抱著雙臂，緩緩嘆了口氣，「這時候該來瓶勃根地紅酒才對，不然阿爾薩區的也不錯。這兩個地方的紅酒都以黑皮諾爲主，那是一種可以忠實反映土壤特質、氣候和年份特色的葡萄，嬌貴得要命。」

「你聽得懂她在說什麼嗎？」南朵延小聲在任昭廷耳邊發問。

「懂，紅酒。」

懂個屁！南朵延翻了個白眼，他根本不懂。

「我不只一次被說很像黑皮諾，嬌貴又高傲，給人富家小姐高高在上的感覺。大概所有人都很意外吧，我居然會拿刀把那個人捅死。只是沒料到他被捅了幾刀，居然還能把刀拔出來，死命回敬我……但應該是他先死的，我不算輸。」許宥琳又笑了笑，「那把萬用刀我好像是打算買來露營時用的，很可惜還沒有機會去露營我就死掉了。」

「聽起來很痛……」南朵延默默伸出手，把原本在任昭廷手上的白虎攬在自己懷中，摀住他的耳朵不讓他聽下去，太血腥的描述，兒童不宜。

「還好吧，有時候經痛不也差不多是這種程度？」

被刀捅也說得那麼雲淡風輕，南朵延不禁佩服起來。

「不過能重來的話，那天我可能就不會頭腦一熱，帶著那把刀去找他麻煩了，雖然那時只是想著防身用而已，可看到他之後實在氣不過來……都是他害卓澄自殺的！還好那時卓澄不接電話我就感覺不對勁，才及時發現她割腕自殺的事，不然卓澄都要被他害死了。」

「她的名字怎麼寫？」

「卓越的卓，澄清的澄。」許宥琳狐疑地看了眼任昭廷，重點好像搞錯了吧？

南朵延也注意到任昭廷的不尋常，怎麼聽到這個名字就怔住了呢？

可能任昭廷也意識到不妥，馬上抬抬手，示意許宥琳繼續說。

「卓澄是我的好朋友，她比我小一歲，是我高中的直屬學妹，也是唯一一個一直支持我實現夢想的人，不像我爸媽，堅持要我念法律，誰要像他們一樣當律師、法官？無聊死了。我大學畢業的時候，沒報司法考試，把他們氣個半死，然後我就離家出走了。

「卓澄那時還在念大學，她甚至把暑假打工賺到的錢都給我，支援我生活費，讓我有機會報課程，正式學習葡萄酒……學葡萄酒啊，一點也不便宜呢。」說著說著就想起雷卓澄主動來找她，把一疊厚厚的紙鈔塞到她手中的畫面。

論家世，雷卓澄絕對比不上許宥琳，但說學習和家庭的壓力，也許就不相上下，只是雷卓澄選擇接受，許宥琳選擇正面迎擊，然後瀟灑離開。

然而，如果沒有雷卓澄伸出援手，許宥琳也不會有之後當上品酒師的事。她甚至憑交際手腕成爲葡萄酒代理商的金牌銷售員，完全白手起家，還沒三十歲就成功買房，建立屬於自己的安樂窩。

不過諷刺的是，許宥琳是個品酒師，而最好的朋友雷卓澄，因爲家人的期許和其他壓力，有依賴酒精的問題。

作爲品酒師，許宥琳卻一直努力地幫助雷卓澄戒酒。她琳常對好友說「酒是用來品的，不是拿來糟蹋的」，但其實她眞正的想法是——不能用酒精糟塌自己。

換了工作之後，雷卓澄本來已經好多了，卻沒想到會因爲工作的關係在社交場合認識胡少勛——一個不能說是壞人，但非常死纏爛打、自以爲是的男人。

「胡少勛那白痴對卓澄一見鍾情，可你知道他是怎麼追卓澄的嗎？」許宥琳氣到失笑，「他就每天跟在卓澄後頭，跟著她上班，跟著她下班，卓澄去哪他跟到哪。下雨的時候，他突然跑出來替卓澄撐傘，卓澄去超市採買完，他不知道從哪裡跳出來要幫她拿東西。」

「聽起來很貼心啊。」任昭廷的一句話惹來三雙眼睛的怒瞪。

「貼心個鬼啊！根本是變態跟蹤狂好嗎？」南朵延忍不住想罵人。

「沒錯，就是跟蹤狂。」許宥琳拍案同意南朵延，「就算他愛卓澄又怎樣，這是卓澄要的嗎？理解和尊重對方意願很難嗎？都逼到卓澄搬了兩次家了。卓澄常常提心吊膽，壓力大到又重新喝酒，這是哪門子的愛？我當面警告胡少勛幾次沒用，便報警了，但警察也只能備案，因爲胡少勛沒有違法！要是跟蹤騷擾防制法早點出來，結果可能就不一樣了。」

那陣子雷卓澄才搬了家，家裡一團亂，同時還要面對工作上的壓力，作爲大型活動的負責人，如果活動圓滿結束，就大有機會晉升。

偏偏沒過幾天安樂日子，她的新家又被胡少勛找到，導致每天都睡不好，連活動也差點搞砸。最終升職無望，只有胡少勛自以爲是愛的行爲一直跟隨著她。

如果沒有喝酒的話，雷卓澄也許不會因爲情緒被放大而做出傻事，許久沒碰酒的人，一下子灌了好幾瓶酒，還葡萄酒、烈酒混著喝。她邊喝邊哭，哭到妝容全都花掉，傷心到隨手拿起開瓶器，用側面所附、本來是用來割開鋁箔紙的小刀割開手腕。

「你說她是不是傻，酒量不好就別喝了嘛，糟塌那些酒，又糟蹋自己。她說不定是第一個用開瓶器把手腕割出那麼深傷口的人了，眞是的……」許宥琳想到當時一開門，看到雷卓澄倒在沙發旁，地上一片血紅、混著各種酒瓶的畫面，就算她已經死了也依舊心有餘悸，「那天是我叫救護車送她去醫院的，好險我也會點急救，才沒有讓她失血過多。看著她臉色蒼白躺在病床上，我眞的太生氣，本來只是想去她家替她拿點個人物品，結果我又在她家樓下看見胡少勛！」

雖然胡少勛當時一看到她便立刻躲起來，但她就是看到了。她越想越生氣，最後衣服和日用品都沒有拿，反而隨手拿起櫃子裡的萬用刀，跑到樓下找胡少勛理論。

理論變成爭吵，胡少勛先動手把許宥琳推倒在地上，許宥琳氣不過來就拿出萬用刀反擊……最後就成了雙雙重傷，急救無效變成鬼魂的結果。

「至少幹掉他了，我很安心，所以就這樣吧。」許宥琳無所謂地聳聳肩，突然想起什麼，拍了下手掌又說：「許少勛是被鬼差架走的，看來沒少幹壞事呢。」

「也可能只是突然被殺有怨氣吧。」任昭廷再次因爲一句話，而惹來三雙不悅的目光。

「單是當跟蹤狂這點就該扣很多功德値了吧！」南朵延撇撇嘴搖著頭，一臉不屑，「如果自己的愛不是對方想要的，卻強行向對方示好，勉強對方接受，那根本只是不負責任地給予對方壓力和負擔而已。這種不尊重對方的付出再多，也只是在慢慢摧毀那個『被愛』的可憐人。」

白虎晃晃腦袋，「鄭老師說過，有些植物不能一直給它喝水，會死掉的。」錯誤的栽種方式，再悉心灌溉也只會讓生命枯萎，這是連小朋友都懂的道理，任昭廷這才反應過來。

自以爲是的又何止是胡少勛，任昭廷也是。自作主張與田靜分手，以爲這樣才能夠讓田靜幸福，遇到事只會逃避，甚至以自己是唯一沒有結婚生兒的男丁爲藉口逃到軍隊，也不願意留下。

在前線作戰的任昭廷久久才收到一封家書，就是那封家書，讓他內心徹底崩潰。家書是由大哥執筆的，前面都是交代家裡的情況，讓任昭廷務必注意安全，一定要活著回來。最後順帶一提的句子，卻讓任昭廷後悔莫及，悔恨得即使死了之後，那種心痛的感覺仍烙印在記憶裡——田靜順利產下第二個孩子，取命爲卓澄。

「我想到了，叫卓澄，男生女生都能用的名字。期許他能夠英勇卓絕，有雙澄明清澈的眼睛，也有膽量忠於自己心中所想。」田靜偏偏頭，溫柔地撫摸懷中受了傷的小兔子。

「好呀，我們以後的寶寶就叫卓澄。」年輕的任昭廷笑著點頭。

「誰要跟你生寶寶啦！不要臉。」田靜嘴巴嫌棄，低下頭的時候卻是滿臉笑意，「我是說這隻兔子叫卓澄。」

本來該是任昭廷與田靜的孩子，卻變成了好友與田靜的孩子，陷入回憶的任昭廷想得失神，南朵延在他眼前擺手也沒反應。最後是白虎跳到他臉上，才把他喚回神。

「抱歉……突然想起一些事。」任昭廷把白虎從臉上拉開，擠出一記苦笑，神情有點落寞，「說到哪裡了？」

「說到最近卓澄重新振作起來，又快到她生日了，想請你們把一瓶我珍藏了許久、是她生日年份的紅酒送給她，祝賀她的新生。然後請告訴她『酒是用來品的，不是拿來糟蹋的』，還有，幫我略略打掃一下家裡環境。」

「送妳朋友生日禮物我完全可以理解，但爲什麼還要打掃？」南朵延抱著雙臂站起來，「妳看我長得像會做家務的人嗎？妳的管家呀？」

許宥琳挑起一邊眼眉，突然臉露遇到同好的喜色，「欸，《你的管家》！這部漫畫和電視劇我都有看！」

聞言，南朵延微微抬起下巴，打量著眼前的鬼魂，「我喜歡女主。」

「我也喜歡女主！我是因爲入坑高宥琳而回頭看的，沒想到她演的角色名還跟我一樣，特別親切。」許宥琳的心情變得明朗。

「呵，那妳得叫我前輩，因爲我在她演李靜熙的時期就已經入坑，《你的管家》播出的時候我還是追直播。」

「唯粉？」

「團粉！妍姐妹最高！」

「才不是呢，芭露師徒才是眞的！」

在二人沉默數秒的對視之後，南朵延突然擺擺手，回頭半躺在沙發上，鼓著腮幫子賭氣道：「不接了、不接了，這個委託不接了！」

聞言，許宥琳也不滿地撇起嘴。

剛才不還因爲找到知音很高興嗎？任昭廷搞不清楚狀況，只好低聲問白虎：「她們在說什麼，爲什麼突然就翻臉了？」

「我也喜歡宥琳姐姐。」白虎沒頭沒腦地搭話，抬眼看到許宥琳又說：「噢，這個宥琳姐姐不凶的時候也喜歡。」

「高宥琳是誰？」

「電視劇的角色啊。」白虎用他的胖手胖腳滑稽地示範擊劍姿勢，「叔叔都不看電視的嗎？」

「所以她們是在為電視劇角色吵架？」

任昭廷以為自己開始掌握了話題要點，誰知道白虎搖搖頭，「是她們站的CP不一樣，同一個團的CP粉在吵架呀。」

任昭廷一個提問換來更多的疑惑，憋了幾秒他還是問出口：「『CP』是什麼意思？」

「鄰居姐姐跟我說過，CP就是好看的人跟好看的人在一起。」白虎說完，自信地點點頭，雖然也不完全正確，但的確有這重意思。

「那『粉』是什麼意思？」

「粉絲啊！叔叔你好多問題喔，你要去餵狗，不是說不懂的話餵狗就會懂了？」粉絲不是用來吃的嗎？任昭廷總覺得越追問越多問題產生，只好先閉嘴，反正好像與任務沒有多大關係。

任昭廷清了清喉嚨，經過他一輪勸說，南朵延和許宥琳才冰釋前嫌，南朵延也願意接受委託，於是才有了他們在許宥琳家門前鬼鬼祟祟那一段。

解鎖的聲音宣告南朵延成功打開許宥琳的家門，同時忍不住吐槽，「哎，是1、2、1、9啦！用自己生日眞是自戀，可是又很奇怪……她怎麼會記錯密碼？」

「有些鬼會忘記部分在世時的記憶，所以——」

沒等任昭廷解說完，南朵延便打斷他的話，「噢，看來不只記不住密碼，是所有數字都記不住。」

順著南朵延的目光看去，玄關處掛著一面大月曆，停在半年前的月份，每一天的格子都寫著待辦和需要注意的事，特別的日子用螢光筆圈起。旁邊貼了很多張告示貼，寫著爸媽、遇險時求救的電話號碼。

如果連爸媽和緊急電話號碼都記不住，那記錯家門密碼就很合理了。

屋子半年沒有住人，室內空氣不見混濁，甚至連粉塵也不多，或許是窗戶全然關緊的功勞。

「哪有人死了還有潔癖的，莫名其妙要人打掃眞的是……」

「這裡看起來很整潔，應該很快就整理完了。」

屋內裝潢走極簡風，南朵延好奇地打開了客廳的櫃子看了看，「這不只是潔癖了，應該還有強迫症。」

她第一次看到如此井然有序、分門別類的物品擺放方式，大概所有物品都被許宥琳收在帶櫃門的櫃子之中，直接曝露在空氣中的物品少之又少，電視櫃上的幾張照片算是例外——一張家庭照、一張畢業獨照、一張與另一個女生旅行的合照。

畫面中穿著正裝留有一頭波浪長髮、眼睛大大、長相柔和的女生應該就是雷卓澄了。照片旁邊還有一張手繪生日卡，落款是「卓澄」，上面畫了很多Q版圖，南朵延頓時瞪大眼睛，「是大神！」

任昭廷歪歪頭，跟著看向生日卡，看不出有什麼神，「怎麼了嗎？」

「雷卓澄是翰潔的粉絲，所以許宥琳才知道翰潔！我有關注她的推特耶，她畫的翰潔特別可愛，有時候又畫得超帥。啊，難怪之前她還畫了苞露的賀圖，一定是畫給許宥琳的。」南朵延的偵探小腦袋正在努力運轉，由衷地發出感嘆，她也想要個會畫畫的朋友啊。

「完全聽不懂。」任昭廷在地府補課時應該有聽過「推特」，但一時間想不起是什麼東西。忽略南朵延投來的鄙夷目光，他催促著：「別管人家私事，趕快開工吧。」

南朵延撇撇嘴，雖然不滿卻還是乖乖地開始工作，她的背包裡備有大型垃圾袋，還有些簡單的清潔用品，都是從自家拿過來的……但看此處的整潔程度，應該很多都用不上。

「你又不幫忙，都我在做……」掃地到一半，南朵延忍不住抱怨。

「我不幫忙的話，那些妳搆不著的地方是誰幫妳清理的？」

「沒做多少事還要嫌人家矮……」

天地良心，任昭廷瞪大雙眼一臉無辜，他眞沒嫌過，嫌南朵延不也是嫌自己嗎？

「還有白虎呢？跑去哪了？」南朵延終於想起到達大樓便被她遺忘的白虎。

「我讓他在樓下把風，有人來了就通知我們。」

然而，白虎還處於對世界充滿好奇的年紀，頭幾分鐘的確非常盡責，隨著流浪貓的到來，被吸引注意力的白虎便把任務拋諸腦後，跟著貓咪漸漸走遠——地獄級倒霉蛋看來又要遇到麻煩了。

第七章

嘟嘟嘟嘟——

輸入密碼的聲音突然傳來，南朵延瞪大了眼睛，瞳孔劇震，「我就想說許宥琳怎麼死了那麼久這邊還沒斷電，有人繳電費啊！」說好的白虎會把風呢？怪罪般瞪了任昭廷一眼，便急忙想要躲起來。

開鎖聲響起，任昭廷在最後一刻丟下吸塵器，假裝自己不存在，南朵延心中只有三個字——完蛋了。

「怎麼有雙鞋子……」尺碼很小，是女生的球鞋，但絕對不是原本房子主人所擁有的，來人顯然察覺到不妥，馬上提高警覺心，「誰！」

聽著玄關傳來女生的聲音，南朵延躲在開放式廚房的廚櫃旁邊，隨著腳步聲越來越近，她的心也跳得越來越快。

在對方快要發現她的時候，她一個閃身，又繞到廚櫃的另一邊，成功避開一次追擊。

「到底是誰？」

吉。

聽到腳步聲往房間方向移動，半蹲著的南朵延快速移動到門前，想要趁機溜之大吉。

「妳在幹什麼！」

女生的聲音從背後傳來，南朵延的身影頓了一下，一回頭便見一個盤子朝她砸來，閃避不及被砸中額角，瞬間感到暈眩而往後倒，盤子則在她身旁摔成了碎片。

出手的人也被南朵延頭破血流的模樣嚇得愣住，投砸盤子的手還舉在半空……她就是隨手抄了一個物品砸過去，沒顧慮丟出去的東西到底是什麼。

靜默了幾秒，率先回過神來的南朵延怒吼：「妳謀殺呀？」

「我我我……我不是有心的……可妳是小偷，幹麼凶我！」

南朵延終於看清了來人，隔了段距離也看得到對方手腕上的疤痕，這人正是照片上留著波浪長髮的雷卓澄。

「妳才小偷，這裡又不是妳家！我接這宗委託本來就有點不爽了，妳問都不問一句就砸我？」南朵延氣得頭頂冒煙，轉過頭惡狠狠地瞪見死不救的任昭廷。

任昭廷自覺理虧不自然地摸了摸鼻子，但也只能抱歉地雙手合十賠不是，臉上盡是無奈。

雷卓澄連忙拿來衛生紙想要幫南朵延止血，卻被南朵延打掉手，接過衛生紙自行按在額頭上。

「妳說……委託？」雷卓澄看到湧出的血液馬上滲透衛生紙，急忙取出一張新的遞給南朵延。

「對，委託，妳死鬼好朋友許宥琳的委託！」南朵延咬牙切齒。

「怎麼可能，她都——」

「她都死了幾個月是吧？」南朵延打斷雷卓澄，「實不相瞞，我能看到鬼。」

「開什麼玩笑，妳在拍節目嗎？有隱藏攝影機？」雷卓澄左右張望。

南朵延翻了個白眼，「既然妳來了，自己的生日禮物自己拿。酒櫃那瓶一九九三年的波爾多是她要給妳的生日禮物，她要我跟妳說，『酒是用來品的，不是拿來糟塌的』。」

本來雷卓澄還不太相信，直至南朵延說出最後那句話，她突然就悲從中來。每次看到她喝酒只是爲了買醉時，許宥琳都會這麼說。

「妳見過宥琳？」雷卓澄想要繼續追問，見南朵延血流如注，便攙扶著她站起來，「我載妳去醫院！」

雷卓澄著急地扶著南朵延離開大樓，在樓下看守的保全感覺到一陣大風吹過，抬頭看到雷卓澄和南朵延，莫名感到不寒而慄——那不是她們帶起的風，是任昭廷急步走過帶起的鬼風。

怠忽職守的白虎追著貓咪又回到附近，剛好碰上步出大樓的二人一鬼，才想起自己的任務，還沒來得及認錯道歉，便被南朵延一把撈起。他立刻就感受到南朵延身體緊繃，大步暴走之外還蘊釀著火山爆發的跡象。

「妳什麼時候多了一隻公仔？」坐上駕駛座的雷卓澄望向南朵延懷中。

「這隻也是鬼喔。」南朵延皮笑肉不笑扯著嘴角，「打招呼。」

白虎從後視鏡看了眼坐在後座的任昭廷，得到首肯之後才揮揮手，「姐姐您好，我是白虎。」

眞的見鬼！雷卓澄握著方向盤的手抖了抖，腳踩煞車踏板，連忙將排檔桿從P檔推往D檔。然而她踩了幾次油門，車還是沒有發動。

「車鑰匙。」南朵延不耐煩地提醒。

難怪車內還那麼悶……雷卓澄尷尬地笑了笑，插上車鑰匙重新重來一遍，終於成功發動車子。

「有隻半神半鬼坐在妳後面喔。」看對方嚇得渾身顫抖，南朵延淡漠地伸手穩住方向盤，「鬼很可怕嗎？比鬼更可怕的是人心好嗎？」

任昭廷見狀，在等待紅綠燈的時候，索性現身讓雷卓澄能暫時看得見自己。

「很抱歉，我們不是有意要嚇妳的。」任昭廷在雷卓澄驚恐地回頭看他時，伸手在她眼睛上一抹，把許宥琳委託請求時的一小段片段傳送給她。當然，跳過了那些許宥琳的回憶片段。

「眞的是宥琳……」雷卓澄忍不住落淚，燈號已轉換成綠燈，後方的車輛駕駛按下喇叭催促著雷卓澄。

「快開車吧，血要流光了。」南朵延有氣無力地靠著椅背。

「不會有事的，放心。」任昭廷試圖安撫南朵延。

可南朵延現在聽到任昭廷的聲音都覺得厭煩，「去你的不會有事，現在就已經有事了啊！鬼果然沒人性，見死不救！」

任昭廷選擇閉嘴，打算等南朵延消氣再說。

「你知道嗎？宥琳對我來說是一個很厲害的姐姐。」雷卓澄突然開口：「只要她下定決心要做某件事，就會排除萬難努力做到，她會證明給別人看，她不輸任何人，也不需要任何人替她安排什麼。我很羨慕她的敢愛敢恨，常常想要追隨她，但其實我完全不像她那樣勇敢……這麼好的人怎麼就死得那麼早？」

聽著雷卓澄形容許宥琳，任昭廷又想起了田靜。

田靜跟他一樣有一個哥哥，不一樣的是，她哥哥很厲害，什麼事都做得很好，人又善良，在同儕間聲望很高。任昭廷還不認識田靜的時候，就已經聽說過她哥哥的名字了。

她哥哥會爲了救朋友，想也不想就跳進池裡，亦會爲了救一隻貓而爬樹，甚至把自己摔傷。可遺憾的是，她哥哥身體不好，即便她父親是醫師，在那個年代還是沒辦法把她哥哥救回，只能眼睜睜看著他的身體日漸虛弱直到死亡……又勇敢又善良的人怎麼都死得那麼早？

田靜每次說起哥哥都滿臉自豪。

「我想成爲像哥哥那樣給予愛的人。」

她的確做到了，只是任昭廷失去了接受她的愛的資格。

車駛至醫院門口，南朵延一開車門，白虎便掙開懷抱跑遠了，似乎不想進醫院。她依稀記得白虎是病死的，不過那時沒有深入探問……她看向白虎，發現白虎連正眼看醫院都不敢，看來他在醫院的記憶一定不太好。

任昭廷想要把白虎抓回來，被南朵延制止，「他不想進醫院別勉強他，你也別跟過來。」說罷還瞪了任昭廷一眼。

雖然氣白虎殆忽職守，南朵延更氣任昭廷居然見死不救。

白虎的確是病死在醫院的，他因爲腦脊髓膜炎，病發到死亡，不過三天時間。一開始只是發燒，外婆誤以爲他感冒，帶他去診所就醫，服藥後明明狀況已經得到改善，未想翌日又再度發燒，甚至開始嘔吐，再次服藥也沒有好轉。

外婆行動不便，當晚只得叫救護車，把林正雄送進急診。

然後再一天，林正雄便出現畏光、瘀斑和躁動不安的情況，即使立即被轉至加護病房治療，最後還是併發全身性敗血症，血栓遍布全身血管和器官，造成器官衰竭，還沒等外婆趕到醫院就撒手人寰了。

他死前的那段時間非常痛苦，身旁沒有熟悉的人陪伴，孤單無助的絕望讓他害怕醫院。

他無法忘記剛變成鬼魂時，看到外婆被鄰居哥哥背著趕來，卻來不及見他最後一面，抱著他身軀哭成淚人的畫面。外婆一定很自責，自責沒有讓他在第一時間接受正確的治療，錯過了救治的黃金時間。

「傷口有點深，需要縫四到五針喔。」

聽到醫師說要縫針，南朵延都覺得她要是鬼，現在就可以變成惡鬼了，「麻煩幫我打麻醉，我怕痛……」

「沒問題。」見南朵延繃著臉，醫師溫柔地安慰：「全急診室裡，我縫針技巧最好，絕對不會讓妳留疤。」

聽到這安慰就更難過了，本來就不是絕世美女，要是留疤了她絕對不放過任昭廷。

診間的門簾被拉開，南朵延瞧見任昭廷遞一瓶水給在旁邊等待的雷卓澄，下意識左顧右盼，怕被人看到水懸在空中詭異的一幕。

雷卓澄才喝了一口便看到額頭貼上紗布的南朵延，趕緊來到她跟前，「沒事吧，還好嗎？」

「縫了針，妳說還好嗎？」

「眞的對不起……醫藥費都由我負責吧。」雷卓澄從錢包裡掏出幾張紙鈔，想要塞到南朵延手中。

一旁看著的任昭廷很意外，南朵延竟然沒有收下那筆錢。

「算了，我本來就是倒霉蛋，妳不砸我，我也可能被別的東西砸中吧。」南朵延頓了頓，想起了什麼，「要是覺得不好意思，更新推特勤快點吧，除了畫翰潔之外，也多畫點許宥琳喜歡那團唄，我也喜歡。」

「欸？」雷卓澄雙眼變得亮晶晶，「她們來開演唱會的話，我搶到演唱會門票就請妳看！」

「這還差不多。」南朵延氣消了。

南朵延領完藥之後，雷卓澄堅持送她回家。她差點就忘記還要接白虎，幸虧白虎就在停車位旁邊等著。

只是南朵延報了個假地址，怕雷卓澄有天心血來潮希望能與許宥琳見面，這可不是她能做的事。

下了車，假裝要上樓，待雷卓澄的車駛遠了，南朵延才抱著白虎回頭，往一個公園之隔的家走去。

「南朵延，我們好好聊一下吧？」任昭廷跟在後頭，試著主動示好。

「聊什麼？聊我如何被隊友見死不救，還是隊友冷酷無情、冷眼旁觀，還冷言冷語？」南朵延生氣起來，說話像機關槍似的。

走到公園裡的花圃旁，南朵延不得已停下腳步坐下來，走得急又加上怒氣爆發，她頭有點暈，傷口有點痛。

任昭廷耐心解釋：「妳最近沒有血光之災的先兆，被砸中的機率很低……」然而還真的被砸中了，他有點高估了南朵延的時運。

「有百分之一的機會被砸中，你都應該優先保護我啊！被碗盤砸中就算沒性命危險也會破相好嗎？不知道外表對女生來說很重要嗎？說好的『兩肋插刀也定當全力以赴』呢？就這？呵，果然，男人靠得住，豬也會爬樹。」

任昭廷自愧不如，卻又拉不下臉承認自己也是一時猶豫又亂了方寸才沒有出手救她。

「我也是男生⋯⋯」白虎小聲地說。

「你也靠不住沒錯！」

姐姐好凶！白虎不敢再插話了，怕被南朵延的怒火波及，只能面向任昭廷做了個加油手勢，而後掙開南朵延的懷抱退到一旁去。

南朵延一抬頭，才發現不遠處有幾個路人正用怪異的目光看著她竊竊私語。

她急忙側過身，擋住路人的視線，從口袋掏出藍牙耳機，然後大動作地把耳機戴上，「我剛耳機掉下來啦，你再說一遍。」

裝模作樣的即興演出尚算成功，路人們恍然大悟後便失去了八卦的興趣，紛紛裝作若無其事地離開。

南朵延睨了任昭廷一眼，咬牙切齒，「鬼就是沒心！謝謝你喔，差點又多幾個人把我當作瘋子。」

氣得漲紅了臉的南朵延賭氣地坐著，任昭廷無奈地站在她身邊，想要安撫又無從下手。

一位外表年齡約三十來歲、有著小麥色健康肌膚、身材非常壯健的神明憑空出現在白虎身旁。

「哇嗚——大哥哥，祢也是鬼嗎？」白虎一臉天眞。

「不是呢，我是福德正神，負責守護這片土地的人間神。」福德正神介紹完，見白虎明顯不知道祂是誰也不在意，抬了抬下巴，「他們怎麼鬧彆扭了？」

「噢，姐姐說自己剛才被碗盤砸中，可叔叔沒有救她。」

福德正神聽到白虎喚他哥哥，把任昭廷叫爲叔叔，內心得意的神色顯露於臉上。了解狀況後，福德正神試圖擔當中間人調停這次糾紛，拉著南朵延與任昭廷面對面坐好，突然超展開地開始進行「終極二選一」。

「無止盡的愛和多到數不清的錢？」

任昭廷疑惑地看向福德正神，「問這幹麼？」

「快點，二選一，必須選。」福德正神催促著，「三、二、一！」

「無止盡的愛。」

「數不清的錢。」

任昭廷聽到南朵延選擇錢，沒管住嘴巴低念了一句：「膚淺。」

南朵延不落下風，別過頭馬上回敬：「虛僞！」

「不許吵架。」福德正神再次扳正二人坐姿，讓二人重新面對面，「眞心喜歡的人討厭你，還是眞心討厭的人喜歡你？」

任昭廷和南朵延毫不猶豫地選了相反的答案。

福德正神只好再接再厲，「十個白虎還是九十歲的白虎？」

「十個白虎，選我選我！」白虎手舉高高，跳進他們之間。

任昭廷慈眉善目對白虎笑了笑，「十個白虎。」

南朵延想也不想就選擇了九十歲的白虎，讓白虎感到十分不解，「爲什麼要九十歲的白虎？到時候都是老公公白虎了……」

「九十歲的你說不定有遺產可以讓我繼承啊，再說了，讓你長命點不好嗎？」南朵延說得理所當然。

白虎抖了抖，「姐姐不要用可愛的臉說這麼可怕的話……」

福德正神又問了幾道題，問到白虎也快要失去耐性。

「就沒一道題是一樣的嗎？」白虎低聲抱怨。

不只白虎沒耐心，福德正神也不由得嘆了口氣，出最後一題，再不相同也只得認了他們完全不對盤的事實，「臭豆腐還是芋頭？」

「臭豆腐！」

「臭豆腐。」

南朵延和任昭廷對看了一眼，同時間改變答案，異口同聲：「芋頭！」

很好，價値觀不一樣，至少喜好取向和愛鬧彆扭都是相同的，福德正神感到了一絲安慰。

任昭廷摸摸鼻子，見南朵延別過頭不願搭理他，便拉著福德正神走到一旁，「福德正神，方便商量一下嗎？」

「唷，先說了，我知道你們那邊好像派系鬥爭白熱化，不過我可不能插手地府的事喔。」

四大判官雖以陰律司為首，但罰惡司與祂因政見不合而時有爭執，十大陰帥一向以鬼王為首，鬼王又與黑白無常、牛頭馬面為伍，與陰律司較為友好。然而日遊神與夜遊神有如罰惡司的左右手，又與管理動物亡靈的四陰帥結為一派，與陰律司一派各不相讓。

「那是上面大人的事，暫且與我無關，不過我想問看看，能不能讓南朵延的運氣稍微好一些？」

「哎呀，你沒發現你在她身邊之後，她氣運已經變好很多了嗎？」福德正神不以為然。

「不是啊，她太容易被小鬼盯上了，今天也被砸破頭。」

「這對她來說是一片小蛋糕不是嗎？你不在的話，她能更倒霉，何止是額頭流一點血那麼簡單。所以啊，你要做的事，就是好好待在她身邊，讓你們的魂魄靠近一些、完整一些，別無他法了。」

「我都沒看過魂魄不全能夠投胎成功還活到二十幾歲的人，也沒看過殘魂能重拾神職，看來你之前累積的功德還滿不錯的嘛，才讓她總能夠絕處逢生。你們前世今生可以同時存在，是萬中無一的特例，堪稱奇蹟，就別強求太多了。」

福德正神拍拍任昭廷的肩膀以示安慰，突然一道女聲竄出：「什麼魂魄不全，什麼殘魂？什麼前世今生同時存在？」

被南朵延死死盯住，連神明心裡也有點毛毛的。

突然，一陣陰風吹過，是之前派出去查訪尋人的小紙人回來了。

「找到妳要找的薛仕凱了。」任昭廷變出一張紙條，上面寫著一串地址，「他在這裡工作。」

南朵延接過紙條，掏出手機輸入地址，是一家咖啡廳，抬頭瞬間又變了臉，死命盯住任昭廷，「解釋。」

扯開話題這招，似乎不管用了。任昭廷無奈地想著。

第八章

人類太多，神明進行決策必須與時並進，而非一意孤行，天庭也好，地府也罷，日常還是要召開會議。

當初陰律司使用勾魂筆勾出任昭廷的殘魂後不久，便趕上地府重臣的例行會議。

會議桌上顯示著等候輪迴領取號碼牌的隊伍，彷彿全息投影，只是更加眞實。與會者看著長長的隊伍，各自憂愁，這些甚至還沒算上領了號碼但尚未能投胎，在地府生活的鬼魂們。

百年不變依舊身穿綠袍的賞善司站起來，以財經主播的口吻報告著：「受人類醫療科技進步、生育意願減少和近三年疫情影響，單以臺灣地區來算，十年人間出生率減少接近百分之二，死亡率增加百分之一點二四，出生人數減少約百分之三，人口自然增加率呈現年減、季減、月減之勢，平均壽命呈現上升趨勢。等候輪迴的數字，經季節調整後與去年同期相比增加一點六個百分比，與前一期相比增加零點一個百分比，繼續再創新高。」桌上的投影跟隨祂的報告變化，祂頓了頓，看向罰惡司，展現一個和善的微笑，「如果這是財政數字，相信罰惡司就不會愁眉苦臉了。」

罰惡司聞言站起來，接替賞善司繼續報告。祂皺著眉頭大手一揮，投影畫面轉變爲惡鬼在人間爲所欲爲傷人和殺人的片段，「不只地府鬼滿爲患，人間的惡鬼也有抓不完的趨勢，鬼差嚴重不足，屬下建議招攬更多等候輪迴的小鬼來當差役。」

坐在中央主席位的閻羅王抱著雙臂仔細聆聽，不同於世人間流傳的樣子，作爲地府最高主宰，祂並沒有長長的鬍子，長相也不那麼凶悍，更合適的形容或許是——保養得非常好、打扮乾淨、健壯的智者。

閻羅王思考半晌，才接話：「嗯，但不可強迫。賞善司，這點祢多給予罰惡司幫助。上次祢提出的功過相抵制度，規章要明確實行，才可以在輕罪的受刑鬼中試行，正好與罰惡司配合，能多調動些差役。祢準備好了就開始試行吧。」

賞善司抬手作揖，「屬下領命。」

還沒等罰惡司坐下，陰律司便急著稟告：「大人，小鬼會怨氣四起，乃因排隊多時卻連輪迴殿都未能踏上，上月已引發地府小型動盪。本來小鬼心事未了是正常事，輪迴進程快，就不太會起異心，但現在既然尚不能解決投胎席位僧多粥少的問題，打消小鬼怨念方爲治本方法，好讓他們在地府安分守己。未知大人是否考慮屬下上次説明的方案？」

罰惡司不著痕跡地瞥了陰律司一眼，表情變得更加嚴肅。

「從源頭消除罪惡因子這個想法很好，可是小鬼的心願多與陽間有關，我們的身分實在不宜過多干預人間的事，除非——」閻羅王拖著長長的尾音，沒有繼續說下去。

「除非不由鬼役直接進行。」陰律司適時接話，「要是我有負責人的提議呢？」

閻羅王抬起一邊眉毛，顯得饒有興致，「祢是指由人來負責幫小鬼了結心願？」

「正是。」

閻羅王順著陰律司的目光看向查察司，「喔，是查察司的人選？」

查察司認命地站起來，「稟告大人，正是屬下之前的助理任昭廷，以及他的轉世南朵延。」

閻羅王眉頭一皺，馬上聽出不對勁之處，除非地府人員出了差錯，原則上，前世與轉世不可並存。

陰律司大手一揮，會議桌上投影的畫面就變成陰律司在輪迴殿附近找到任昭廷殘魂，以及祂於人間發現南朵延陽壽不穩的片段。

全場默然，都在等候閻羅王發落，理虧的查察司低著頭，不敢直視閻羅王，緊張得攥緊衣襬，形成一道皺褶。

片刻之後，閻羅王才緩緩地問：「祢可知罪？」

祂語氣儘管不重，卻有著無上威嚴，彷彿千斤重的壓力壓於查察司肩上。

「屬下知罪。」查察司馬上鞠躬道歉，「正如陰律司提出的功過相抵，屬下希望大人給予機會，讓我和他們功過相抵。任昭廷本性善良，在地府任職的時間雖短，亦頗有功績。而他的轉世已受他的執念不甘所影響，魂魄不全以致容易撞鬼、受驚和生病，還總是霉運纏身，陽壽很可能比生死簿記載的要短。」

「孽障因果啊……」閻羅王擺擺手，「如此，就交由祢負責試行吧。」

人們總以爲神明是萬能的，然而神明並非無所不能。人類有太多變量、太多不可控的地方，偶爾會發展出超乎神明預期的事，而神明也愛莫能助。

古時人類蓋建巴別塔意圖通天，現在人類追求科技進步開始創造人工智慧……不過只要還沒到失控的地步，神明就不會過多干預。不干預人間發展，不代表神明無用，只是有些時候神明眞的沒人類想像中的強大，因爲祂們也會有出錯的時候。

像查察司，雖說疏忽的是祂底下的低階神明，錯的是任昭廷執念太深，但祂仍要擔起管理失職的責任。

「妳是我的下一輩子，對妳來說，我是妳的前世，我們共用著同一個靈魂，嚴格來說是同一個人。」任昭廷作出總結。

「你這馬是咧講啥潲……」南朵延一臉困惑，顯然有很多想不通的地方，「這樣不對啊！先別說前世怎麼可能跟今生同時出現這個問題，單單你是個男的，我是個女的，你就不可能是我的前世啊。」

「這是人們錯誤的觀念，靈魂本身並沒有性別之分，而性別亦非既定承襲。不是今生是這個性別，來生也是同樣性別。不然妳做了些壞事落入畜牲道，投胎成了條蟲、水蛭、蝸牛、蚯蚓、矢蟲之類又怎麼算？」

「還有小強！」白虎突然興奮地舉手插話。

「啊——小強其實有分雌雄，不過部分的確具有無性生殖能力，可以『孤雌繁殖』。」任昭廷笑著輕輕摸了摸白虎的頭。

「後面的解釋突然變得很科學，給過。」南朵延頓了頓又問：「那我們同時存在又怎麼解釋？不是都輪迴投胎了嗎？」

「理論上，人的三魂七魄在投胎轉世之時都會一併轉生到下輩子，而我們是萬中無一的特例，魂魄分割，妳占據多數但仍魂魄不全，而我嚴格來說只是一縷殘魂。」

「所以帥大叔說我會撞鬼、生病，還那麼倒霉，都是受你影響……」南朵延的怒火瞬間升騰，猛地站起來想要抓住任昭廷的衣領，卻抓了個空，只能煩躁地跺腳怒吼：「靠！原來不是我帶賽，是你帶賽！都是你害慘我的！」

「妹妹冷靜！有人在看呢。」一旁的福德正神立刻上前安撫，免得南朵延眞被路人當成瘋子。

福德正神伸手拍了拍南朵延的背，南朵延立時有種通體舒暢的感覺，連頭都不痛了，只可惜無法完全遏止她的氣憤。

還氣在頭上的南朵延重新坐下來，降低了說話音量，卻仍咬牙切齒，「明明是你闖出來的禍，憑什麼我要幫你擔？你知道我爲什麼要搬出來自己住嗎？就是你害我老被鬼纏著，還影響到我的家人。誰不想在家當個媽寶？租房又貴又麻煩，什麼事都要自己打點，一直遇到鬼纏身，我到底欠誰，非得幫你們不可！」

本來南朵延只是惡狠狠地盯著任昭廷，最後一句卻扭頭瞪向白虎，白虎嚇得馬上跑到福德正神腳邊躲著。

「讓朵延受傷當然是你的責任，你應該要出手救她。」福德正神望著任昭廷。

「可是查察司大人說過我不能直接干預人間事務，如非必要都不能現身……」

「講啥物痟話啦！你剛不是就有現身，還想推卸責任！」南朵延生氣地反駁。

「規條是死的，人是活的，要因時制宜，不能因爲上級命令就失去判斷。」福德正神向任昭廷打了個眼色，見任昭廷不爲所動，又做出口型：快道歉，別扭捏。

「對不起，是我不好……」任昭廷低頭承認錯誤。

「當然是你不好。」南朵延別過頭鼓著腮幫子，但與剛才相比，火氣似乎已經消了不少。

任昭廷回頭無奈地看向福德正神，略帶怨念地問：「祢是故意的吧？」指的是故意讓南朵延知道他們共用魂魄的事。

福德正神笑嘻嘻的，也不反駁，「哎呀，坦誠以對才能有效化干戈爲玉帛啊。」就因爲想像得到向南朵延說明事實，會引起紛擾，任昭廷才會選擇不告知，沒想到福德正神一出面，直接就讓任昭廷隱瞞的事實自然地被捅穿。

「妹妹，別氣了，告訴妳一件好康。」

聽到福德正神說有好康，南朵延馬上專心聆聽，雙眼亮晶晶的。

福德正神笑逐顏開，指向不遠處的攤販，「看到那邊賣古玩的路邊攤了嗎？在他左手邊的那個古瓷。」

「GUCCI？」

福德正神笑得更開，「古瓷，是古瓷。汝窯冰片花口洗，釉色如翠、瑩潤如玉，是眞品。」

「喔——我知道了，那個綠色的盤子。」

「總之，妳用三百塊跟他買，拿著古瓷去隔壁街的當鋪當掉，還價八千八。其他都是假貨，就不用管了。」

「三百塊換八千八？好耶，橫財到手！」南朵延喜上眉梢，哪還有一點生氣的樣子，「福德歐巴最棒了！」高興得想要抱一抱福德正神，張開雙臂又想到不太適合，尷尬地把手收回，逕自往攤販走去。

福德正神看向任昭廷，抬了抬下巴示意對方快跟上，又拍了拍白虎讓他也跟上，才安心地打了一記響指，憑空消失離開。

南朵延遵照福德正神指示，原本攤販開價五百，還價三百就買到。她抱著古瓷拿起手機開啓地圖一看，隔壁街的巷弄中眞有一間當鋪，也如福德正神所說一般，以八千八順利當出。

「這才是神蹟啊。」白花花的鈔票拿在手上，南朵延覺得福德正神比任昭廷厲害、可靠多了。

多虧福德正神相助，南朵延心情變好，火氣都消下去了，瞥了眼默默跟在身後的任昭廷，決定暫時原諒他。

見南朵延臉色好轉，白虎反應很快，馬上扒著她的腿撒嬌，「姐姐笑起來的時候最漂亮了，姐姐可是用笑容拯救世界的人哇！」

「小屁孩，就你嘴甜。」南朵延笑得瞇起了眼睛，一把抱起白虎就往他臉上親了一下。

「嘿嘿，姐姐不氣了就好了。」白虎笑得傻氣。

南朵延摸了摸白虎的頭，餘光看見依舊木訥的任昭廷，似乎還是得由她主動破冰，想了想，才假裝若無其事地說：「欸，我才知道土地公一點也不老，還是個大隻佬耶。」

「福德正神一樣是個職位，雖然原本的——」

「行行行，我知道我知道，會輪替也會有不同人應徵的概念嘛。」南朵延連忙打斷任昭廷即將展開的長篇大論，「話說，你剛給雷卓澄喝的是什麼？總不會只是水吧？」

任昭廷小聲回答：「孟婆湯。」

「哭枵啊！她不就失憶了嗎！」南朵延瞳孔抖動著，馬上轉身要回去找雷卓澄。

「回來，冷靜。」任昭廷雙手壓住南朵延的肩膀，按停了她，「是稀釋過的，只會忘記妳和我的存在。」

「確定？」

「確定。為了方便任務進行，我特意請孟婆幫忙製作稀釋的版本，安全無虞。」

「這樣她不就也會忘記許宥琳要送她禮物？」

「許小姐那段片段，她會以為是個夢境，只要她去看酒櫃就會發現那瓶葡萄酒了。如果她沒去看，到時候再去一趟許小姐的家，取出來送她便是。」

「那就好……」南朵延舒了口氣，「孟婆湯是什麼味道啊？」

「妳要喝看看嗎？」任昭廷笑問。

「不用，謝謝。」

「喝過的人都不會記得吧。」任昭廷聳聳肩，「據說會喝到那人喜歡的味道。」

南朵延突然笑了起來，「超夯QQㄋㄟㄋㄟ好喝到咩噗茶口味的孟婆湯，感覺一定很有趣！」

什……什麼茶？任昭廷愣住，怎麼又有一個他不認識的名詞出現了？

白虎見狀，好心地提供解說：「姐姐說的是珍珠奶茶。」

任昭廷抿著嘴默然，珍珠奶茶就珍珠奶茶，就不能好好念名字嗎？

「欸，你的執念到底是什麼？你都沒說。」南朵延眞的很好奇，她的前世藏了什麼祕密。

「不告訴你。」任昭廷搖搖頭，說了南朵延未必能懂。

「嘖，誰稀罕呀。」南朵延撇撇嘴，沒有繼續追問下去。

「妳還要去找薛仕凱嗎？再不去就超過營業時間了。」

「當然得去！」南朵延想也沒想就回答，點開地圖，往咖啡廳出發。

抵達時確實已臨近關店時間，咖啡廳裡只剩吧檯旁的咖啡師，和靠在一旁玩手機的店員，一名客人都沒有。

多年未見，薛仕凱的模樣與記憶中相差不遠，倒是薛仕凱似乎已經把南朵延遺忘，即使特意走向吧檯跟他點餐，他也沒認出她。

穿著襯衫和牛仔褲的薛仕凱是店長，也是咖啡師，在等待手沖咖啡的時候，南朵延已從手機翻出備份的照片。

「學長。」

薛仕凱瞪大眼睛，有點疑惑是不是在叫自己，手上的動作依然行雲流水，沒有任何停頓。

「學長，我是南朵延，國中跟你同一間學校。」

直至手沖咖啡完成，薛仕凱才想起南朵延，「妳長得比以前更漂亮了。」

南朵延掏出照片，「我不是想打聽你的私事，只是……」

「你認識他？」

「算是。」

「那傢伙最近怎麼樣了？怎麼招惹到妳……雖然他長得好看，但別暈船。我跟他很久沒聯絡了，妳在我這打聽不了消息，不過話說回來，妳怎麼知道我在這裡？」

看樣子唐懷勇的桃花運不錯，甚至有女生曾經在薛仕凱這裡打聽過消息。只是看他一臉淡然，莫非是南朵延想錯了，他跟唐懷勇只是普通朋友？可是普通朋友的照片需要放進隱藏資料夾嗎？

「他……死了，死於交通意外……」

聞言，薛仕凱遞上咖啡的動作停住了，「今天不是愚人節吧？」努力擠出微笑，故作鎮定繼續爲南朵延送上咖啡。

南朵延把事情原委改編成目睹意外才被託夢，簡單說明來龍去脈。

薛仕凱垂頭默然不語。

「抱歉，我擅作主張告訴你這些……」

薛仕凱笑著抬起頭，眼眶中已有淚光，「不會……我該謝謝妳，不然我會一直以爲是他不想再見到我。其實妳應該也猜到了，沒錯，我是他前男友，我們分手的時候鬧得很不愉快，我欠他一句道歉。」

「要我轉告他嗎？啊……我是說要是他再託夢的話，要跟他說嗎？」

「代我跟他說句對不起，我不該怪他不願意出櫃，他有他的難處，只是……我也一直希望他能夠相信我，相信我可以跟他一起面對。」

南朵延遞上衛生紙，薛仕凱笑著接過擦拭眼淚，又繼續說：「他有時候太悲觀了，又什麼事都自己扛，好像以爲自己是悲劇主角一樣，甚至覺得自己沒資格獲得幸福。說到底，他就是不相信我可以做到……現在看來我也眞的沒有做到……」

「不是這樣的學長，你依然很了不起！我見到那傢伙的時候，一定會跟他說『呀！你給我爭氣點，下輩子不能再窩囊了！不要再辜負別人的心意了』。」

「哈哈，謝謝妳……妳真的好好長大了，就是……怎麼好像沒有長高？」

南朵延翻了個白眼，但見對方眼框紅紅的還試著調適氣氛，也就沒法生氣了。

這邊的南朵延忙著安慰學長，站在不遠處聆聽對話的任昭廷若有所思……以為自己是悲劇主角，辜負別人心意的，其實還有當初的任昭廷。

很多人都覺得任昭廷不應該繼續等待一個已與他人成婚的人，也不值得，可那些人並不知道，他欠她一個交代、一句道歉，欠她一個他能給的、可能的幸福家庭。許多的虧欠與壓抑著的愛意，讓他執著地想要再次和她見面，與她約定下輩子走完沒完成的承諾。

即使許多年過去了，任昭廷還記得是怎麼和田靜相識的。

有一天，年少的任昭廷下課回家時，手上的書被野狗搶去。他追著野狗跑到森林中，即將追上的時候卻跟狗一起掉進一個大坑之中。

此處離大街有一段距離，沒有人發現大坑的存在，更沒人發現任昭廷。

在大坑裡飢寒交迫了一個晚上，任昭廷多次嘗試爬出大坑失敗，最終體力耗盡，跟搶他書的野狗變成好朋友。野外的晚上特別冷，他用衣服裹著野狗，互相取暖。

如果不是田靜要爲父親上山採藥，路過時聽到狗吠的聲音，循聲找到他們，說不定任昭廷就會死在郊野。

田靜是個機智的女孩，單憑她的力氣當然沒辦法把比她高上一個頭的任昭廷拉上來，但她利用繩子捆住大樹，又在繩子上打了好些繩結，才投進坑裡，讓任昭廷能夠就著繩結施力，慢慢爬到坑邊，再伸手協助他完全脱困。

任昭廷重新站起來，被他裹在懷中的野狗同時掙脱開來，連同他的書也掉在地上。

田靜低頭看著被咬了兩個破洞的書本，似乎就猜到了任昭廷跟狗一起掉進坑裡的原因。又看了看任昭廷因爲包裹住野狗，而被撐得鬆垮垮的上衣，加上滿身泥巴，模樣很是滑稽，忍不住笑了笑。

「牠咬壞你的書，你還想著要保護牠呀？是不是傻瓜？」田靜搖搖頭，撿起被她擱在一旁的竹籃，從裡頭取出一條手帕，遞給任昭廷，「擦一擦再回家吧，不要嚇壞人了。」

「謝謝……」任昭廷接過手帕時意外地碰到田靜的手，他的心跳漏跳了一拍。見田靜轉身要走，他連忙開口：「手……手帕！」

「送你吧，我還有。」田靜笑著回頭，微微欠身道別，推著腳踏車邁開腳步。

「我、我……我叫任昭廷！」見田靜停下來，任昭廷大喜，「日召代表光明的昭，朝廷的廷。妳呢？妳叫什麼名字？」

「田靜。」

姓田？是城東田醫師家的人嗎？

「趕快擦一擦就回家吧，你家人會擔心你。」

任昭廷一輩子都記得，田靜逆著光回頭望向他的畫面，那道剪影的輪廓好看到令萬物都黯然失色。

第九章

坐在書桌前，南朵延默默打開手機的記帳軟體，輸入扣除成本後的八千五百元收入，與任昭廷認識以後，她的收入的確比以前更穩定，不再入不敷出。

至少，剛剛在咖啡廳的時候，她還能不心疼錢包地點了一杯咖啡——雖然最後是薛仕凱請客。至於倒霉的事嘛……還是有的，但或許從地獄級別變成了一般級別？

只是要讓南朵延完全相信她是任昭廷的轉世，總好像有點芥蒂，也難以置信。

她雙手撐著頭，瞥了眼坐在她桌上玩文具的白虎，幽幽地說：「你說他真的是我的前世嗎？」

白虎一副心思都在如何把第三支筆豎立疊高，想也沒想就回答：「不知道呀。」

「你看，我和他一點都不像，幾乎沒有共通點耶。個性不像、思考邏輯不像、做事的方式也不像……唉，這是一輩子都要跟他連體嬰嗎？」

南朵延嘆了口氣，她前世怎麼就英年早逝了呢？任昭廷到底有什麼執念？要是沒有任昭廷在身邊，她真的又會變回地獄級倒霉蛋嗎？可是任昭廷很無趣，常常與她不對盤，她可沒打算一輩子跟他合作。

而且做什麼事任昭廷都像跟屁蟲般，她一想到就覺得渾身不自在，尤其任昭廷還是個男的。即便一切眞如他所說，他也是南朵延的一部分，怎麼想依舊有種不適感。

等白虎成功把第三支筆疊上，想要跟南朵延分享喜悅的時候，才發現對方伏在桌上睡著了。他躡手躡腳地走到衣櫃，在他能夠觸及的範圍內拔出一件薄外套，再小心翼翼地蓋在南朵延身上，「姐姐辛苦了，晚安。」

像是聽到白虎說話一般，南朵延應了一聲，伴著濃濃的鼻音，也可能只是夢囈。

這一覺南朵延睡得並不踏實，趴著的姿勢不舒適，手也被自己的頭壓得發麻，摸了摸額頭紗布的位置，好險不是壓著傷口睡，似乎沒有滲血。

她站起來，疑惑地撿起從她身上滑落的薄外套。是任昭廷替她蓋的嗎？可是任昭廷應該不會進入她的臥房……那一定是白虎了。

她揉著脖子四處張望，白虎倒是睡得很好，大字型睡在床的正中央，獨占舒適的床鋪。

南朵延照了照鏡子，輕輕揭開紗布察看，神奇的是，傷口似乎已經癒合，只需要回診讓醫師替她拆線就可以了。不過保險起見，她還是把紗布重新蓋好，避免線孔受到感染。

是福德歐巴施展神通了嗎？南朵延笑起來，邊想邊伸著大懶腰步出客廳，打算倒杯水。

一如所料地看到任昭廷，他正在客廳中央閉目打坐，但沒想到沙發上竟坐著一位面容豐潤、妝飾美麗的中年女子。

女子一見南朵延，便站起來躬身迎接，這女子以風姿綽約來形容也不為過。南朵延看得發怔，彷彿看到大明星出現在自家，難得看到比她媽媽更漂亮有風韻的人。

只是當她回過神來，馬上便在心裡追加一個不想跟任昭廷綁在一起的原因——總是有「驚喜」等著她，像是不經她同意就把鬼請進家門。

她瞥了一眼時鐘，凌晨三點。

「請問，是死鬼萬事屋的負責人嗎？」女子面帶微笑地問。

女子舉止端莊，如果身穿旗袍，手中再拿著手帕，就活脫脫是個民初年代的大家閨秀。

「對，她就是南朵延。」任昭廷已然走到女子身旁，接著介紹：「這位是陳韻茹女士。」

「壓榨勞動力呀！才剛完成一個任務，二十四小時都還沒到，馬上又來一個新的？」南朵延指著自己的額頭，「沒看到我還工傷嗎？不接生意啊！罷工啦！」

她現在很生氣，為家中突然有鬼來作客而生氣，為凌晨時分來了委託而生氣，這份工作根本是責任制、沒工時上限嘛！

任昭廷和陳韻茹面面相覷，若非真想要了結心願，按陳韻茹的修養與個性，大概會馬上打退堂鼓，免得爲難他人、造成他人的麻煩。

「眞的很抱歉……打擾小姐了，或許您先繼續睡覺，等您睡醒，我們再談？」陳韻茹說得格外客氣，其實以她的輩分完全沒必要對南朵延用敬稱。

「是我們失禮了。」任昭廷代爲道歉，來到南朵延身旁，「妳聽了她的身世，一定會想幫助她的。」

嘖嘖嘖，見到美女就想裝英雄。南朵延翻了個白眼，翹翹的嘴唇嘟起來，一臉不樂。

故意忽略任昭廷，南朵延逕自倒了杯水，便要返回臥房。

「欸，對長輩沒禮貌不太好。」任昭廷皺著眉，像極了初見時訓她不刷牙就睡覺的模樣。

「虛僞……」南朵延輕聲碎念，但還是向陳韻茹說了句：「晚安，有事留待拜山再講。」頭也不回地返回臥房睡大覺。

「……她開玩笑的，只是剛完成任務太累，又意外受傷所以心情不好，等她再睡醒就好了。」任昭廷試圖爲南朵延解釋，同時安撫陳韻茹。

「沒關係，我可以等，還有一些時間。」陳韻茹始終大方得體。

才與陳韻茹見了一面，沒想到陳韻茹便出現在南朵延夢中。

她似乎身處於小山丘上，綠油油一片，藍天白雲，有各式各樣的花朵盛開，還有山羊在附近吃草。

夢裡不只她與陳韻茹，還有一位似乎比她稍微年長的長髮女生。

那位女生騎上腳踏車，朝她與陳韻茹招手，她便被陳韻茹拉著來到女生身旁。她上前想要看清女生的長相，卻怎麼都像是近視幾百度一片模糊。

「我不能騎車啦，絕對會翻車。」夢裡的南朵延如同現實一樣，率先拒絕可能會令她受傷的一切建議。

「妳還有我呢，有什麼好擔心？妳坐後面抱著我就可以了啊。」那位女生如是說。

回頭看向陳韻茹，得到了對方的鼓勵，南朵延才坐上後座，抱著女生纖細而緊緻的腰身，開始腳踏車旅行。

風吹拂著臉，帶動髮絲在空中飄搖，不只風景很美，那女生模糊的側臉剪影輪廓好像也很美。

時間來到中午十二點，陳韻茹依然優雅地坐在沙發等待，任昭廷倒有點失去耐心，看向南朵延臥房的方向皺眉，「日上三竿了，成何體統！」

陳韻茹只是笑笑，並沒多說什麼。

床上一人一虎睡得可謂沒有睡相，被子也不知道被誰踢了一半到地上。

不曉得是否聽到任昭廷的不滿，白虎率先轉醒，本來想把掉到地上的被子重新蓋到南朵延身上，卻失手摔進南朵延懷裡。

還好公仔本身並不重，沒傷到南朵延，只是這下南朵延也醒過來了。她踏出房門時裝作沒看到客廳的情況，自顧自刷牙洗臉。她看著鏡中的自己，發現好像有任昭廷在附近，她的臉色也會紅潤一些，不像以前常常被說印堂發黑……認命地嘆了口氣，想要丟掉倒霉蛋標籤，似乎還是得替地府打工才行。

本著先理解狀況也沒壞處的想法，南朵延換上相對和悅的表情，打算先聽聽陳韻茹有什麼心願未了。

「這是我女兒。」陳韻茹掏出一張合照。

南朵延沒有看向照片，反而望著任昭廷，「爲什麼她能變出照片？」

「比較有資歷的鬼魂，有機會能夠把意念具象化，但都是虛幻的，無法有實際作用，有點像現今的投影技術。」任昭廷解釋。

「那我當鬼的時候也要學這麼酷的技能！」南朵延彷彿想到什麼好玩的事一般揚起笑臉。

任昭廷狀甚無奈，「我已經會了。」

南朵延還想反駁什麼，卻聽見白虎稚嫩的聲音：「嘩——是漂亮姐姐呀！」

「我才姐姐，她就『漂亮』姐姐？」南朵延吃醋地瞪向已坐在陳韻茹懷內的白虎，同時感到興趣，探頭察看。她不得不承認，確實滿好看，而且有點眼熟。

「童言無忌，你上次還叫福德正神哥哥呢，祂可比我年長幾百歲。」任昭廷替白虎緩頰，順便把話題拉回來，「請陳女士繼續。」

陳韻茹客氣地點點頭，「她叫陳馥萱，我取的。希望她的生命馥郁濃厚，又能像萱草那樣，忘記憂愁，快樂地過每一天，不要像我，傻傻被人騙。」

「妳的委託跟她有關？」南朵延倒也不是不好奇陳韻茹被騙什麼，只是自覺不太禮貌便沒有追問，反正多半跟委託無關。

「其實我很對不起她，答應她的事常常沒做到，所以這次我想兌現一次承諾。」

想當年，陳韻茹出生在民主意識抬頭的年代，成長於經濟高速增長的時候，家裡經營了幾間工廠，又有哥哥姊姊疼惜、保護，可謂是家裡的小公主，也如溫室小花，不知世途凶險。

天真的陳韻茹在大學時期交了一名男朋友，但家裡人都不怎麼喜歡他。

在男朋友的鼓吹之下，陳韻茹甘願為愛放棄所有，跟著他浪跡天涯，甚至懷上了陳馥萱。憧憬著美好婚姻生活的她，總被男朋友提出的各種理由哄騙拖延結婚，直到陳馥萱快要出生的時候，她才知道自己在不知情的情況下當上第三者。

男朋友早在與她認識之前與別的女子成婚了，還有一個兒子，並且沒有離婚的打算。

再傻的人此時也該清醒，陳韻茹終於忍痛分手，獨自生下陳馥萱。

未婚生女在當時是少見的事，儘管後來陳韻茹與家人和好，家人也很疼惜年幼的陳馥萱，無奈遇上金融風暴和產業轉型危機，幾間工廠相繼在三年內倒閉。陳韻茹不願成為家裡的累贅，邊帶大陳馥萱，邊咬緊牙關工作賺錢。

本來只是到化妝品工廠打工，可陳韻茹的天分過人，很快就被上司發現她嗅覺靈敏，對調香甚有天賦，之後更被推薦成為研發部的一員，參與各項產品的香氣研發。

那陣子陳韻茹的事業如日中天，卻嚴重缺席陳馥萱的童年與青少年成長期，直到發現患上子宮頸癌末期，她才驚覺與陳馥萱相處的時間不多了。

儘管馬上辭職全心陪伴，失去的光陰也難以補救，許多在陳馥萱兒時許下的承諾，都因為陳韻茹身體虛弱，已然無法兌現。

「妳發現懷孕之後，除了結婚之外沒想過要跟對方簽協議書嗎？」南朵延聽完之後只有這個疑問。

「那時不流行。」陳韻茹無奈地搖搖頭，「不過即使有協議書，現在回想，以他的個性，就算我條件開得再好，也會覺得我侵害到他的權益吧。」

「雖然我不認為談戀愛就一定要結婚，但結婚證書或是協議書……都是保障自己權益的手段。如果對方認為均等的條件會損害到他的權益，那麼多少表明了他就是目前的既得利益者，才會覺得簽協議不利於他，多半心裡有鬼，可以更早揪出他的小尾巴。」南朵延侃侃而談。

任昭廷摸著下巴，說出自己的疑惑：「聽起來很有道理，可仔細想一想，邏輯好像有點怪？」

「嗯，看起來像書呆子，但你比我想像中更聰明呢。」南朵延笑起來，繼續闡述她的見解，「例如，條件是大家都要掏百分之五十的身家來捐，這已經遠比每人各捐某個金額更『均等』，可是擁有一千萬的人比擁有一百塊的人捐得更多，看似對窮者有利，實際更傷的是只擁有一百塊的人，因為剩五十塊的他們更難翻身。所以嘛，還是要有協議書來保障自己啊，無論是強勢還是弱勢的一方。」

「可惜我知道得太遲了。」陳韻茹嘆了口氣。

「妳想要我怎麼幫妳？委託任務是什麼？」南朵延問。

陳韻茹斟酌再三，看了眼任昭廷，得到鼓勵後才開口：「如果可以的話，我想借妳身軀一用，陪小女參與一項活動。」

附身做某件事？南朵延眉頭一皺，感覺事件不單純……聽完陳韻茹的說明，果然任務內容乍看很簡單，卻完全是綜藝節目玩遊戲輸了的大懲罰。

「拒絕拒絕拒絕！」重要的事要說三次，南朵延用盡全身動作表達她的不願意，「我才不要莫名其妙去跳橋！」

「是高空彈跳，不一樣。」任昭廷試著遊說：「我會請大道公幫忙，確保妳健康無虞適合參與這項活動，也不會因附身而耗損陽壽。」

南朵延翻了個白眼，因為任昭廷完全搞錯重點，「重點是我會怕好嗎？」

「有我在，必定保妳安全。」任昭廷說得鏗鏘有力。

「呵，誰之前看我被砸見死不救？」南朵延說得咬牙切齒。這件事她本來就想著要翻篇，不再跟他計較，這人還敢下保證？

任昭廷一時語塞，過了一會兒才說：「我請福德正神替妳畫護身符，假若真有差池，福德正神必定現身出手相助。」

「祂的確比你可靠多了，但還是不行。」南朵延瞧任昭廷一臉不解，毛毛躁躁地再次解釋：「不是說了嘛，我會怕啊，我懼高，懂？而且就算我真的陪她女兒一起跳了，在她女兒眼裡，我也是個陌生人啊！一定有其他陌生人像是工作人員會陪她女兒啊，我去不去根本沒差。」

「首先，我們要做的是『了結鬼魂的心願』，而陳女士的心願就是履行一次對女兒的承諾，讓她能陪著女兒一起做這件事。第二，理論上，要是妳能在陳女士附身時完全放鬆，便可以暫且把身體交予她操控，盡情放空就不會害怕。」任昭廷沒有說謊，只是他說的是理論上，至於實際上嘛，不好說。

「真的嗎？」南朵延抱有懷疑。

「真的。而且妳目前時運不錯，意識很穩固，不用擔心身軀會被陳女士占有。」

「所以時運低的人被附身真的會被奪舍？」南朵延不禁想起那些被鬼附身的恐怖片情節。

這倒是任昭廷可以確定的事。

「的確有這個可能，當中涉及很複雜的因果，且於禮不合，被神明發現多會出手干預。」任昭廷在地府任職好一段時間，很少聽聞奪舍的事，那要怨念或惡念很重，加上被附身的人時運真的低到貼地，比南朵延以前的情況更糟才有可能。

「如果眞的不會怕的話，我就考慮考慮唄。」

聽到南朵延願意考慮，陳韻茹面露喜悅神色，「眞的太感謝您了！」

「不過進行極限運動是別的價錢喔！演唱會周邊商品快要發售了。」

任昭廷不好掃興，仍低聲在南朵延耳邊說：「福德正神不是才給妳幾千塊？」

「那也是上一宗委託的事啊。」南朵延理直氣壯。

任昭廷撓撓頭，「我去跟財神商量一下……」有道理……況且大局爲重，只好妥協。

第十章

在財神的加持下，統一發票兌獎時，南朵延終於如願中獎，成功取得任務「預訂金」。她生平初次中獎還是末六碼相同的三獎，足夠讓她心花怒放一陣子。

在足夠誘因的情況下，南朵延點頭答應接受委託，畢竟相對於怕死，她可能更怕窮。

她本以爲只要配合陳馥萱的安排，偷偷加入行程之中陪伴即可，沒想到還有前期工作要執行。

「所以我說爲什麼玩高空彈跳要來買香水呢？」南朵延戴上藍牙耳機，慢慢向百貨公司的香水專櫃靠近。

跟隨其後的陳韻茹瞥了眼離她們有一段距離的任昭廷，才低聲回答：「任先生說不能主動直接跟我女兒坦承身分，但讓女兒猜到是我的話，不也能有同樣效果？」

「又不是特別調配的香水，妳確定她會知道？」南朵延歪著頭，專櫃的香水是工業化生產的製造物，走在路上說不定會跟路人撞香。

「人對香氣所連結的記憶可比妳想像的要更深更多呢。雖然我會調配香水，卻無法完美複製出這款香水的氣味，雖然氣味九成相似，人們便分辨不太出來，不過我女兒的嗅覺可是青出於藍的敏感呢。」陳韻茹指著一瓶有白花線條圖案的香水，「就是這瓶。」

南朵延拿起看了看價錢，「夭壽，這一小瓶要兩千多？」才五十毫升的東西居然賣兩千多，是用了什麼昂貴的原料，還是純粹最大化利潤？她回頭打眼色示意任昭廷走近，「能報銷嗎？」

任昭廷無可奈何點點頭，任務裡會使用到的東西，不能報銷就太不近人情了。得到肯定的答案，南朵延馬上爽快付錢，花別人的錢就是特別開心，哪怕並不是自己想要的東西。

「話說怎麼會有這樣莫名其妙的規矩？我之前不也是直接跟對方說是委託，怎麼到她就不行了？」南朵延雙手抱著裝有昂貴香水的小紙袋，就怕她一個倒霉把兩千多塊給摔破。

「附身的不行，本來人間與地府就應該有界線，地府不應干預人間事務，所以鬼魂一般不能直接與在世者聯繫，擾亂秩序。」

聽任昭廷的意思，似乎非附身就能間接傳達。南朵延想了想，「那託夢怎麼就可以了？」

「畢竟是『夢』啊，夢境可能是眞實的一部分，卻也不能完全跟眞實混爲一談。」

南朵延和陳韻茹同時露出恍然大悟的表情，讓任昭廷覺得有點好笑。

香氣所連結的記憶的確比南朵延想像中要更深也更強。她萬萬沒想到，這瓶香水的氣味將會乘載深刻得她老去時仍會主動提起的記憶……

✦

出任務的前一天還下著大雨，南朵延多少有點僥倖心態，要是翌日也是大雨，她就可以明正言順取消任務。

也不知該說南朵延倒霉還是好運，任務進行當天的天氣好得不得了，正是適合進行戶外活動的時候。薄雲讓陽光不那麼毒辣，也沒有雨水打擾活動進行，甚至還有徐徐微風吹拂。

南朵延一大早帶著滿滿起床氣乘坐長途車，片刻後在車上睡好睡滿，下車時意外有精力。

儘管天氣正好，然而平日顯然不是大部分人的旅遊時間，南朵延一抵達高空彈跳的大橋，馬上就從人群中識別出陳馥萱。因爲除了高空彈跳的工作人員外，只有一個高高瘦瘦束了馬尾的身影，再沒有別的旅客。

「小姐，玩高空彈跳嗎？快來快來，正好要授課呢！」陳馥萱似乎也才剛到而已，教練熱情地對南朵延招手，聲音很洪亮，在山谷裡還有點回音。

開始恐高的南朵延不經意地看向任昭廷。

「放鬆，讓陳女士操控妳的身軀。」任昭廷試著安撫，但見南朵延手腳動作僵硬，似乎無法好好放鬆，換了個安慰方向，「至少別跟陳女士打架，陳女士想要做什麼盡量順著她，不要跟她較勁。妳現在時運高，她不夠妳鬥的。想像妳只是玩……玩那個什麼VR？對，就是VR遊戲！妳現在在平地，完全不用擔心。」

任昭廷的安撫多少有點作用，南朵延稍稍放鬆下來，嘗試讓附身在她身上的陳韻茹操控自己。

本來已經沒那麼害怕，但聽完教練的講解和注意事項，在要簽下切結書時，「南朵延」三個字塡得很快，卻遲遲未下筆簽名……因爲塡表的名字資料是陳韻茹塡寫的，她本人還是有點猶豫。

雖然簽署切結書在國內外都是參加刺激性活動的必要程序，要證明自己沒有高血壓、心臟病或懷孕等等事項，如果出了任何狀況造成傷亡，責任需要自負。南朵延想著，這其實是拿自己的生命當賭注。

身旁的陳馥萱毫不猶豫就簽下去了，南朵延再三思考，既然她身上有福德正神給的護身符，又有任昭廷作擔保，應該能保障她安全地全身而退，便硬著頭皮簽下去了。

簽下去就不能反悔了，不然四千多塊的費用無法退回，不跳就是白白浪費錢，作爲省錢達人的南朵延可不容許浪費的事情發生。

「來喔，跟著我做暖身操！做任何運動之前一定要暖身，不然肌肉又冷又緊，沒有好的協調性很容易拉傷！」教練的聲音依然洪亮。

相對於南朵延必須背對橋外的深淵才能勉強跟著教練活動肢體，陳馥萱從容多了，動作流暢自如，還能邊暖身邊欣賞風景。

見狀，南朵延撇撇嘴，這人根本不需要有人陪啊！明明一個人就能玩得好好的，而且她的身材看起來就是平日有在練，不像她是個體能廢材。

暖身完畢，穿好保護繩索的南朵延在橋的一旁緊緊抓住欄杆，看起來非常懼高卻又努力強裝鎮定。她試著探頭往橋下看，才看一眼又忍不住閉起雙眼。

「我不怕，我才不怕，我眞的不怕！」南朵延喃喃自語。

本來躲在南朵延背包中的白虎，趁沒人留意爬了出來，走到一旁待著的任昭廷腳邊，「姐姐眞的行嗎？她好像很怕高耶。」

南朵延閉著眼睛仰起頭，抓住欄杆的手都用力得發白了，口中是後悔不已的碎碎念：「到底我爲什麼要接這種奇怪的委託啊！死人任昭廷！啊，不對，他本來就是死的……啊——爲什麼會有人喜歡高空彈跳啦！」

白虎抬頭看向任昭廷，只見任昭廷直直盯著已準備好的另一個女生——陳馥萱。

「叔叔，你在看什麼呀？」白虎很好奇，爲什麼要盯著漂亮姐姐看？叔叔喜歡漂亮姐姐嗎？

總覺得陳馥萱帶給自己莫名的親切感，任昭廷的木無表情下藏著苦惱，會是她嗎？感覺好像，但她應該不喜歡這些啊……

任昭廷記憶中的田靜知書達禮，樂觀愛笑，常常替父親上山採藥，不曾聽聞她喜歡任何刺激的活動，不過也有可能只是那個年代沒有這些極限運動罷了。

原本想要走向跳臺的陳馥萱，在察覺到南朵延的狀況後，慢慢朝對方走近。

「哈囉，妳……還好嗎？如果太害怕的話，不用勉強自己。」陳馥萱關心道。

南朵延瞪了她一眼，「吼！還不是因爲要陪妳我才會來這裡！」

一臉疑惑的陳馥萱懷疑自己聽錯，「陪……陪我？我們認識嗎？」

「抱歉。」彷彿換了個人似的，南朵延語氣變得很溫柔，連神色都不太相同。

還沒等陳馥萱了解是怎麼回事，工作人員便拿著安全繩索向二人走來。

「兩位還要跳嗎？太陽都要下山了。」工作人員維持著禮貌，但言語間不難發現他已經等到沒耐心了。

「最好太陽四點就下山啦！騙誰呢！就不能讓我多做一會兒心理準備嗎？反正也沒其他遊客。」南朵延又恢復原來的樣子，深深吸了口氣，「死就死吧！趕快！」

南朵延振作精神、挺起胸膛，一副大義凜然的模樣，邁開腳步跟著工作人員來到了跳臺旁邊。

然而當所有繩索和安全裝置都扣上了，工作人員開始倒數，南朵延還是卻步了。不管工作人員怎麼說，也不管身體內的陳韻茹怎麼想要操控她的身體，她就是死命退回來，緊緊抱著欄杆大哭。

「唉……」工作人員摸摸鼻子，扭頭看向陳馥萓，「要不，陳小姐妳先來？」

陳馥萓本來就不害怕，誰先來都沒關係，便欣然點頭同意。

當陳馥萓準備就緒，踏上跳臺的時候，南朵延用力吸了吸鼻子，竟伸出手拉住她的褲管，「先……先別跳……等等我……」顫顫巍巍的氣音，顯得開口的人特別可憐。

陳馥萓低頭看著蹲在地上，哭得毫無形象可言的南朵延，一時之間心就變柔軟了。她蹲下來，輕輕扶著南朵延，與她平視，「妳眞的要跳嗎？」

「要跳……」南朵延明明哭得臉都皺成一團，卻很堅定地點頭，有點醜卻又有點可愛。

「可是怎麼辦呢，妳不是很害怕嗎？」陳馥萓看了看南朵延，又回頭看向一臉無奈還有點不耐煩的工作人員，「要不……雙人跳吧？我陪妳一起？」

「眞的嗎？」南朵延抬起頭，淚眼汪汪的。

眞是敗給了這像狗狗般可憐的眼神。陳馥萓點點頭，回頭跟工作人員說：「改雙人跳，不好意思。」

當陳馥萓伸出手要拉起南朵延的時候，南朵延的腦海突然閃過一個片段。

她好像看到一個女生趴在大坑的邊緣朝她伸出援手，那個女生手上還拿著一條繩索。

當她靠著女生的幫忙爬出大坑之後，還看到女生腳邊有一個提籃、一輛非常懷舊的腳踏車。不僅如此，連女生的衣著打扮也非常復古，耳下三公分、齊瀏海的妹妹頭髮型，淺藍色類似旗袍的上衣，配上樸素但有幾分清雅的布褲。

她分明不認識那個女生，卻莫名覺得很熟悉……難道是之前夢裡看不清臉的女生？不對啊，夢裡的人是長頭髮，就像陳馥萱。

「不哭了喔。」陳馥萱的聲音把南朵延的神魂喚回來。

嗯……像陳馥萱？南朵延怔了下，才發現陳馥萱手上拿著衛生紙，替她拭去了臉上的淚痕。

「幹麼這樣看我，我臉上有什麼嗎？」眼前的南朵延呆呆地搖頭，陳馥萱覺得無奈又好笑，「人總會有恐懼害怕的東西嘛，鼓起勇氣，成功克服了之後，就會發現原來沒什麼好怕的，加油。」

任昭廷在心裡重覆了一遍她後半句話……如果他還在人世時就懂得鼓起勇氣就好了。他的思緒飄到了好遠好遠的從前，還記得當時的田靜很激動，抓住他的手用力得令他感到疼痛。

「一定有方法可以解決問題，我們不需要分開。」一向不輕易哭的田靜，此刻眼淚盈眶。

任昭廷低著頭迴避田靜灼熱的目光，想要抽出自己的手，「小靜，妳聽我說，我跟他從小就認識了，他是一個很好的男人，一定能帶給妳幸福。我想叔叔也是覺得他很可靠，才會把妳許配給他。」

「我的幸福由我自己作主，憑什麼我們就要接受安排？」田靜不理解，看向任昭廷的表情充滿難以置信。

「他是讀醫的，你們會有很多共同話題，他——」

「我不想聽他是個怎麼樣的人，我只想知道你眞正的想法。」田靜生氣地用力甩開任昭廷的手，打斷了他的話。她抿抿嘴仰起頭，深深吸了口氣之後，才重新看向任昭廷，「明晚十一點，我在鐘樓下等你，我們一起出走吧。」語氣帶著不容質疑的堅定。

聞言，任昭廷只是張了張嘴，把想說的話都咽了下去。

「私奔」在田靜口中是如此理所當然的事，只要任昭廷願意現身，田靜便會義無反顧地跟他遠走高飛。

可是那時的任昭廷就是不敢，既不敢答應，也不敢拒絕。害怕長輩與好友的責怪，害怕空有滿腹詩書但身無長物的自己無法給予田靜幸福。

他從小循規蹈矩習慣了，看著哥哥因爲忤逆違規被父親打罵，那些皮開肉綻的傷口，讓他止不住手抖。他不想跟哥哥一樣受苦，所以他一向很乖，只要遵從命令就會得到誇獎，只要用功讀書就會得到大人們的讚賞。

乖孩子、好學生的影子深入任昭廷的骨髓。即使他偶爾犯下小錯，大人也會因爲他是乖孩子，怪罪到他哥哥身上，說他沒好好看管弟弟。

就連面對愛情，他也太乖巧、太怯懦了。

他其實不是沒有去鐘樓，甚至早於十點便在附近躲藏。他看著田靜背著包袱來到鐘樓底下，一個人無助地等待到天明，直至認命回家，他依然沒有現身。

遠遠看著田靜的任昭廷，說了一句田靜無法聽到的道歉。

擅作主張，自以爲是地給予成全，就是那時他愚不可及的決定。

不曉得那時的田靜該有多失望，才會在後來同意長輩們擬訂的婚約，嫁給了任昭廷的好友……

「準備好了就踏上跳臺喔！」工作人員完成安全檢查。

南朵延和陳馥萱在工作人員的協助下，換上了雙人跳的設備。

陳馥萱耐心安靜地陪伴著南朵延，等待她情緒平穩以後，才與她一起走向跳臺。

雙人彈跳的話，進行時只能互相摟著對方，並抓緊對方身上的繩子。

儘管做好了心理建設，也不斷自我勉勵，甚至有陳馥萱抱住她，還拍拍她的背部給予安撫，南朵延還是怕得手不自覺地發抖，完全不敢看向橋外。

工作人員手握住她們的繩索，準備讓她們從跳臺躍下大橋。

南朵延心裡滿滿的抗拒與後悔，卻不能退縮，只能咬咬牙認命，畢竟答應了的事就要做好。

工作人員最後再次檢查，而後開始倒數：「預備——三——」

「等一下！」南朵延又想反悔了。

工作人員充耳不聞，「二——」

「不用怕，不是有我在嘛。」陳馥萱試著給予南朵延信心。

在南朵延說出「不行啦」的同時，工作人員也倒數到最後一個數字。

二人從橋上躍下，整個山谷大概都能聽到南朵延響徹雲霄的驚恐尖叫聲，

「啊——我不幹啦！去你的萬事屋啊——」

第十一章

直至返回橋上，教練頒發完證書，南朵延還是一臉驚魂未定。明明陳韻茹了結了心願，道謝離開她的身軀，但被抽離魂魄的彷彿是南朵延本人。

任昭廷走在南朵延身邊，突然覺得對方比他勇敢許多，雖然有那麼一點貪生怕死，但答應了的事，就會努力做到。他不禁想著，如果當初自己敢勇敢嘗試爭取，或許很多事就會不一樣……

抿著嘴左思右想，任昭廷終於彆扭地說出誇獎的話：「做得好，妳跨出第一步了，以後有再難的事也難不倒妳了。」

聽著這沒有情緒起伏的誇獎，南朵延翻了個白眼，有氣無力地拖著沉重的步伐走向公車站，然後直接癱坐在站牌旁的塑膠椅上。聽見腳步聲來到身旁，她也沒有打算扭頭去看。

「妳也要回臺北嗎？」

南朵延沒有回應，在回臺北的公車站牌下等公車，難道要去高雄嗎？同時思索著，爲什麼有人可以長得漂亮之餘，連聲音都那麼好聽，聽起來就很會唱音樂劇的感覺。

「那我陪妳等一下吧。」即使沒得到回應，陳馥萱仍然試圖友好地帶起話題，「雖然有點冒昧，請問妳是誰？」

「我？」南朵延終於看了對方一眼，「南朵延，南北的南，花朵的朵，延續的延。」

「很好聽的名字。我叫陳馥萱，馥是——」

沒耐心聽陳韻茹已經說過的臺詞，南朵延直接揚手打斷陳馥萱，「我知道，S.H.E嘛，妳媽眞會取名字。」

「妳怎麼知道是我媽取的？」陳馥萱瞇起眼睛，「剛才眞的是妳陪我一起跳的嗎？」

南朵延一回頭便見一雙目光銳利的眼睛盯住她，彷彿要刺穿她說的謊，「啊哈哈哈哈哈，不然還能有誰？」

「但妳剛才很奇怪，現在比較像是妳眞正的樣子。」

「妳才認識我多久？哪會知道我該是什麼樣子。」

「一個人的姿態是騙不了人的，就算是演員，放鬆下來也會回到原本的模樣，妳現在就像休息中的演員，不過我不認爲妳剛才是在演什麼，因爲連筆跡都不一樣。」

陳馥萱想到切結書上的字，一陣風吹來，再次聞到南朵延身上的香水味，「還有香水，前調甌柑和蕃茄葉的綠意甜感，中調忍冬、茉莉、百合的白色花系清新香氣，還有最後的檀香暖感。這款香水的香調我小時候就能背出來了，是我媽最愛用的香水。」

「所以，妳的結論是？」換南朵延挑挑眉，饒有興致地看著陳馥萱。

「為什麼妳會知道這些？還有，妳剛才說，妳是因為要陪我才會高空彈跳……」

南朵延偷偷瞥了眼一旁站著的任昭廷，「我是南朵延沒錯啦，我只能說，剛剛既是我又不完全是我。」

「妳有靈異體質嗎？」陳馥萱開始試探，說出她的推斷。

「嗯哼。」而且是非常靈異的體質。

「是我媽陪著我一起跳的？」陳馥萱的語調有了一點按捺不住的激動。

南朵延再次假裝不經意地看了看任昭廷，得到首肯後，才回答：「一半一半，我在她也在，當時不完全是我在支配我的身體，所以妳才會覺得奇怪。」

「現在呢，她還在嗎？」陳馥萱雙眼都亮了起來。

儘管不忍心澆熄別人的希望，南朵延還是老實地說：「完成跟妳的約定，她心滿意足走了。」

「這樣……也很好……」陳馥萱不免有些失落，「妳說的萬事屋是什麼？跟幫我媽忙有關？不然就算有靈異體質，也不是誰都想被附身吧？又不是乩童，更不是請神。」

「正神不附體，附體非正神。」任昭廷突然插話糾正。

「沒有人需要知道正神會不會附體！」南朵延想也沒想，不耐煩地回應。

陳馥萱馬上意識到，公車站似乎並不只兩個人，「還有別的人……鬼在？」

「最討厭像妳這種直覺敏銳的小鬼了。」

聞言，陳馥萱倒是笑了起來，「我好像比妳大幾歲吧？小鬼。」

「是哏啦，漫畫哏！」南朵延嘟起嘴，不太滿意在場的人與鬼都不知道自己說的哏。

「是妳的搭檔嗎？故事裡常看到人和鬼的組合，沒想到是真的，太神奇了！他還在嗎？」陳馥萱四處張望，想要把那位搭檔找出來。

「在啦，只是妳看不到。」

陳馥萱失落地嘆了口氣，「眞想看到他呢。」

「有什麼好看的？不就一個愛管教人，又不懂什麼法術的老古板……」

「是神通不是法術。」任昭廷再度插話更正，讓南朵延翻了個白眼。

「看來妳很常被管教喔。」陳馥萱笑著調侃。

「哼。」南朵延鼓著腮幫子，「不過，妳不怕嗎？我說的是眞的鬼耶。」

「鬼有什麼可怕？比鬼更可怕的是人心啊。」

「這句話怎麼那麼熟悉……」南朵延歪著頭，欸？這不是她自己說過的話嗎？

陳馥萱眼珠轉了轉，馬上想到了什麼，「所以萬事屋是幫鬼完成心願？像妳幫我媽一樣？」

「可以這麼說……妳要不要乾脆當偵探算了？」南朵延覺得陳馥萱的推理頭腦實在太好。

「我可沒興趣捉姦和催債。」她一句話掃射所有相關從業人員。

「一針見血，戳破人們對偵探的美好幻想，很棒！」南朵延終於笑起來，她最喜歡這種「毒到」的見解。

「認識妳眞的太好了！」陳馥萱伸出手想要握手。

然而南朵延只是低頭盯著陳馥萱的手，沒有任何動作，「幹麼？」

「做朋友啊。」

「少來了，沒有人會想跟我當朋友，就算一開始說要做一輩子的朋友，也很快會離我而去。」

「怎麼會呢？」陳馥萱的手依然懸在空中。

「跟我走得近的人都會被我的霉運牽連，更別說我能看到鬼，人們會怕跟鬼接觸或被鬼糾纏……」南朵延的語氣十分幽怨，簡簡單單的一句話，卻是她多年以來累積的委屈。

任昭廷慚愧地低下了頭，若不是因爲他的執念，南朵延就不會受苦了。

陳馥萱揚起陽光明媚的笑容，「正好，我是個非常幸運的人，所以我不怕。」

「她的氣運是眞的很好。」任昭廷適時搭話。

「眞的？」南朵延終於抬起頭，也不知道是回應誰說的話。

「眞的，我不怕，不會丟下妳。」陳馥萱索性主動拉起南朵延的手，「所以從今天開始，我們就是朋友了。」

握了手，就會是朋友嗎？南朵延垂下頭，望著自己的手，剛才握手的餘溫猶在……她沒有信心。

不過一直傷春悲秋也不是南朵延的風格，她很快恢復過來，「欸，為什麼妳會喜歡玩高空彈跳、滑翔傘、賽車那些？」這都是陳韻茹之前跟她說的。

「感受自己的存在。」陳馥萱笑了笑，瞥見南朵延一臉疑惑，接著解釋：「我常常覺得自己好像不存在也沒差，一個替身沒了，還有很多個替身，瘦小的男生可以當女替，但女生能上場的機會很少。」

「所以妳是因爲失去工作機會不高興才來跳的？」

「不是，我工作很穩定，可要說是不開心來跳的話，也不能說是錯……」

「哇，妳好有錢，不開心來跳一跳兩千多就沒了耶。」

「錢再賺就有了啊，跳完之後感覺很爽就值得了。」陳馥萱勾起嘴角，看向天空，「人生只有一次，一定要隨心所欲地活著才行啊。」

「如果眞的有輪迴投胎，人生就不只一次。」

陳馥萱倒沒有這樣想過，「我想，每一輩子都會有很不一樣的遭遇吧，單單出生的時空背景不一樣，環境造就的差異就很大了。這輩子的人生還是只有一次，上輩子歸上輩子，所以好好享受這輩子吧。」

「那萬一在跳下來的時候眞的遇上什麼意外，導致受傷或是死掉怎麼辦？我們不是還簽了切結書？」

「比起後悔沒有做，做了之後再後悔更好吧。」

陳馥萱說得隨意，南朵延心裡卻起了波瀾。不去做不就永遠不會失敗了嗎？不擁有就不怕失去，這是自己一直以來的生存之道，陳馥萱卻恰恰與她相反。

「欸，妳的公車要等一個小時耶。」陳馥萱把手機遞向南朵延。

南朵延低頭一看，不禁倒抽了一口涼氣，旅遊區平日跟假日的公車班次落差要不要這麼大！

看南朵延面如死灰，陳馥萱抿著嘴想了想，幾秒後探問道：「要不，我載妳回去？我有車。」

「妳有車？」南朵延雙眼都亮起來了。

只是當她高高興興地跟著陳馥萱到達停車地點時，眼裡不只有失望，還有想要馬上打退堂鼓的念頭——她沒想過是重型機車啊！

跟隨其後的任昭廷也一下子看得恍了神，他之前好像在哪裡看到過這臺重機……陳馥萱騎上重機的側臉，與他過去的回憶重疊，其實她與憶中的人的外表一點都不像，他卻覺得莫名相似。

當陳馥萱戴起安全帽，任昭廷突然就意識到爲什麼他覺得眼前人很眼熟。原來是那天在雨中差點擦撞到南朵延的重機騎士——他與南朵延第一次正式見面那一天。

陳馥萱把另一個安全帽遞給南朵延，南朵延搖搖頭並沒有接過，「我不能騎車。」

「不能？」不是不想，而是不能，陳馥萱感到困惑。

「我小時候學騎腳踏車總是摔倒，好不容易學會了，還是會因爲各種原因摔車，有次還摔到腦震盪進醫院住了幾天。我連腳踏車都不能騎，更何況重機？」等等，腳踏車？南朵延突然想起那個夢。

「不會摔，我技術很好。就算對自己沒信心，也要對我有信心。」陳馥萱遞著安全帽的手依然懸在半空，放軟聲線，「拿著嘛，這樣舉著很累。」

瞧見南朵延的猶豫，任昭廷衡量再三之後才說：「有我護法，還有她的好氣運，加上妳現在氣色還不錯，應該沒問題。福德正神給妳的平安符有帶在身上吧？」見她點點頭，便給她一個寬慰的微笑，「那就沒問題了，放心，上車吧。」

「那你呢？」南朵延接過安全帽戴上，又看著完全沒打算附身在任何東西上的任昭廷，「還是你附我身？當補齊魂魄唄。」

「什麼補齊魂魄？」雖然猜到南朵延是在跟搭檔說話，陳馥萱還是頗好奇他們的談話內容。

「說來話長啦……」南朵延搖搖頭，似乎不打算在此時解釋。

「魂魄不能完全融合的話沒什麼用，反而會跟妳的意識產生衝突……我有我的方法，跑也好，飄也好，會跟在妳們附近，妳照顧好自己便可。」任昭廷擺擺手，用肢體語言催促南朵延上車。

事實上，任昭廷還有點抗拒當女兒身，哪怕只是短暫的附身，又是「自己」的身體，依舊讓他感覺相當彆扭。

「如果怕的話可以扶著我的腰，不過記得不要拉我肩膀和扯我頭髮喔，會容易失去平衡。」重機正式發動之前，陳馥萱笑著提醒。

原本南朵延只打算用雙手牢牢抓緊扶手，雖然剛才跳橋時就抱過對方了，但才剛認識也沒多熟，加上她不習慣肢體接觸。可是當陳馥萱一發動機車，反作用力把南朵延的上半身往後帶的時候，嚇得她馬上抱緊了陳馥萱。

還好陳馥萱騎車很穩，同時為了遷就南朵延，並沒有騎得多快，才沒有把南朵延嚇得魂飛魄散。

到達南朵延家樓下的時候，任昭廷正好從黑色的圓形門裡步出，與她會合。把安全帽還給陳馥萱，與她正式道別之後，南朵延才問：「你都是畫個圈圈就能去別的地方了嗎？這是什麼法術呀？任意門的概念？」

「是神通。」任昭廷已經糾正過許多次，「短距離的話，我可以用意念移動，距離稍長的話，用比喻來說，就像是走一條點到點的隧道作為捷徑。」

比任意門方便，還可以節省很多交通費。南朵延不禁想著。

第十二章

南朵延在家中轉了好幾圈，走遍了家中每個角落，都沒找到總愛跟在她身後的小跟屁蟲……她家也沒多大，還有哪裡能躲？

走向在客廳打座的任昭廷，南朵延還是有想要巴他頭的衝動，害她莫名其妙要去跳橋的事以後一定要跟他算帳，「欸，白虎呢，怎麼整天沒聽到他講話？」

雖說因爲公仔本身體積太小，南朵延常常會忘記白虎的存在，但總能聽到白虎搭話，然而最後一次聽到白虎的聲音，好像是搭公車去高空彈跳的時候。

「妳準備跳的時候，他還在的啊……」連任昭廷都頗爲疑惑。

南朵延索性拿起擱在餐椅上的背包，把裡面的東西全倒出來——並沒發現白虎。仔細想想，她回程的時候，背包好像比去程時輕……

「該不會跑丟了吧，我們要回去把他找回來嗎？」雖然是問句，但她話還沒說完便轉身抄起錢包想往門口衝。

「冷靜。」任昭廷叫停了南朵延，「現在都天黑了，要找也是明天再找，他不會有事的，福德正神有把平安符打在他魂魄上。」

已衝到門前的南朵延身影一頓，有福德正神保佑的話，好像眞的不用太擔心？可是走丟了遇到可怕的事怎麼辦？白虎還只是個小學生啊。

還在懊惱著，南朵延的手機鈴聲突然響起來，居然是陳馥萱的視訊通話邀請。她連忙撿起一旁化妝用的粉餅盒，打開來用裡頭的小鏡子照了照自己的模樣，快速稍作整理。

「妳……找我有事？」南朵延先開口。

「還沒睡吧？我在背包裡找到這個，是妳的嗎？」陳馥萱舉起公仔靠向鏡頭。

「白虎？」南朵延瞪大了眼睛，白虎在很靠近鏡頭的時候，趁陳馥萱不留神，快速抬了抬眉毛，打暗號似的，「怎麼會跑到妳包包？」

任昭廷也湊過來看，「這小子喜歡一切漂亮的東西，九成是偷偷爬進陳小姐的背包裡。」

呵，年紀小小就重色輕友？南朵延都想穿過螢幕把白虎抓出來教訓一下了。

「大概是從妳背包掉出來，看管隨身物品的工作人員以爲是我的，就把它放進我背包裡吧。明天有空嗎？我把它還給妳。」陳馥萱主動提議。

南朵延聞言展露出笑容，「會不會太麻煩妳了？」

「叫妳去領回來妳才會覺得麻煩吧。」任昭廷小聲調侃。

南朵延聽到了，想要反駁，只是還在跟陳馥萱通話，一時間不好發作。

「當然不會，妳再傳給我地址吧，我明天下班來找妳。」陳馥萱笑著，眼睛彎成了兩道新月。

「嗯，謝謝妳。」

南朵延笑著掛斷通話之後，一轉身就變了臉，瞪向任昭廷。

任昭廷本以爲她瞪幾秒就沒事，沒想到一分鐘過去了對方還在瞪。

「我錯了，我應該看管好白虎。」任昭廷選擇投降，這段時間以來的相處讓他知道，南朵延是吃軟不吃硬的人，先服軟她就沒辦法生氣了。

「當然是你的錯。」南朵延哼了聲，眼神變得和藹可親一些，「不過算了，漂亮的人事物與性別無關，男女老少都可以喜歡。對了，明天我會很忙，白虎回來了你負責管教他，還有，絕對不接委託，閻羅王來了也不接！」

「那妳還答應讓陳小姐把白虎帶回來？」任昭廷不解。

「我整天都在家呀，陳馥萱過來開門就好啊，拿個東西又不會打擾到我，明天非常重要，我要看演唱會，誰都不能阻止我，我期待很久了！」

「看演唱會怎麼會整天在家？說了多少次，沒必要就不要說謊，說謊的話——」

「我剛才所說全是事實。」南朵延搖頭嘆息，「我愚蠢的前世啊，現在除了實際去演唱會現場看演唱會，也可以看線上直播好嗎？」

任昭廷總算聽懂了，但還是不解，「那不就是看電視。」有什麼好看的？

「這叫線上演唱會！要買票才能看，錯過直播時間，要重看得等一個月後，還只能重看一次，所以明天非常重要，玉皇大帝都不能阻止我追星！」

奸商……這是任昭廷的第一個想法，然而說出口的卻是：「妳就不能把時間花在有意義的事情上嗎？老顧著追星，難成大器。」

「我就不是你想要的那樣子啊，要我怎樣？死一死好不好？」被管教的南朵延馬上黑臉，「不是你認爲有意義的事才有意義，我要是沒有追星，你就不會在這裡看到我，而是在地府相遇！你到底是我還是我老爸？那麼愛管我！」生氣地返回房間，關上房門不再理會那正經八百的老古板。

死一死嗎？一開始的時候，任昭廷也不是沒有想過，正如日遊神所說，要是南朵延死了，就能趕快投胎讓魂魄重新合一，不必再互相磨合折磨。但這又豈不是自殺的一種？殺誰都是錯誤的選擇。

放棄或許比堅持容易，然而不堅持下去，就什麼都沒有了，以前的他就是太容易放棄，慣性選擇逃避，才會讓手中的幸福溜走。

只是任昭廷始終想不明白，上進青年如他，爲何轉世如此不思進取？追星的意義到底是什麼？

餘光看到地上散落一堆小東西，他嘆了口氣，認命地替南朵延收拾起來。如果誰先受不了髒亂就誰去打理家務的話，那必然是任昭廷包辦所有家務。

翌日果然如南朵延所說，從起床之後開始，她便在忙，具體忙些什麼，任昭廷實在不了解，只見她心情似乎很好，一直故意忽略他的存在。

南朵延正忙於把筆記型電腦以及網絡連接到電視，同時筆電的螢幕上不時閃著群聊的訊息，從討論的內容來看，群裡的人都熱切期待著演唱會的開始。

「妳怎麼老愛說謊？」任昭廷盯著熱鬧的群組，覺得南朵延並不像之前說的沒有朋友。

「說什麼謊啦？我今天都沒講幾句話。」南朵延為電視插上音源線，然而電視喇叭卻沒聲音出來，讓她很苦惱，隨即在群組裡發問，希望有人能指導她解決問題。

任昭廷指著筆電，「不是說沒有朋友？」

「那是因為他們不認識現實中的我。」

不也都是朋友嗎？任昭廷不理解。

本來精神奕奕的南朵延垂下頭，連語調都往下沉，「只有在網絡上隱藏著身分，人們才會願意跟我接觸。沒有人知道我是天殺的地獄級倒霉蛋，沒有人知道我總被你們這些麻煩鬼糾纏。

「在網絡上，我才能做一個普通人。我們聊的話題就是追星，偶爾聊聊一些生活瑣事，不會過多干涉彼此，維持著好像很熟悉有很多共同話題，卻又保有很多隱私的距離。

「你曾一直被排擠嗎？同學、老師都不願意親近你，靠近你的只是想拿你取樂、逗著好玩……同事、主管覺得你是瘟神的感覺，你有過嗎？像你這種一臉就是乖學生、好孩子的人怎麼會懂？多半會說，一定是我太難搞、性格太糟糕，不然就是長相對不起父母，或是有重大缺憾才會交不到朋友，總之，錯的都是我，不是嗎？像你，不就下意識認定我說謊嗎？」

確實不曾經歷過。任昭廷抿抿嘴，「我……是我思慮不全，很抱歉。」

「抱歉跟對不起是不一樣的你知道嗎？你這不叫思慮不全，叫先入為主。」南朵延罕有地神情嚴肅，卻又自嘲般笑了笑，「對啊，我的確很愛說謊，就算死後真的如你所說會被審判又怎樣？如果誠實會讓世界變得更美好，那就誠實啊！

「你都不知道說謊多累，還得想辦法圓謊，你以為我樂意呀？問題是，對很多人來說，真相從來都不是重點，他們要看的只是別人血流成河。如果我連這輩子都沒法過得好，還用得著顧及死後的事嗎？哈。」

彷彿把多年來積壓的怨氣抒發出來，南朵延長吁了一口氣，才吸了吸鼻子，查看群組中的解答，逕自繼續忙碌著。

任昭廷默然，的確是他想得太少，雖說南朵延也是「自己」的一部分，但他卻完全不理解南朵延。明明他們該是最合拍、最了解彼此的存在，卻又莫名抗拒深入認識對方。

「對不起……」任昭廷用低不可聞的聲音再次道歉。

南朵延身影頓了頓，什麼也沒說，似是因為終於成功連接音源而一掃陰霾，恢復原本開朗的神色。

把窗簾拉上，除了螢幕還發著光，室內沒有別的光源，南朵延從房間拿來一支造型精緻還能發出彩光的東西。

「這是什麼？」任昭廷打算從現在開始好好了解人間的新事物，以及另一個自己。

南朵延瞥了他一眼，大概因爲剛才的事還有點生氣，鼓著腮幫子想了想，勉強解答：「手燈啊，也叫應援棒，你沒看過？」

「我那時沒有演唱會和應援棒這種東西。」任昭廷搖頭，他的年代了不起也就是看歌仔戲。

「嘩——原來你這麼老啊。」南朵延遏抑著想要上勾的嘴角，嘴上贏回一次讓她感到痛快，算是報了剛才被指控說謊的仇。

南朵延隨意在影音網站點開了一支MV，畫面便即時顯示在電視上，音樂聲也從電視的喇叭傳出。測試成功，南朵延滿意地笑了笑，才把畫面轉到演唱會直播的網站，手握應援棒盤腿坐著，屏息以待。

還沒等南朵延高興多久，門鈴便響起來，臨近演唱會開始的時刻，她的臉上馬上浮現出不耐煩的情緒。

「不接不接不接！我說了今天就算是閻羅王來了也不接委託！」決心要好好看演唱會的南朵延對著門口大吼。

任昭廷剛想說南朵延太失禮，然而在張開嘴巴時又把話吞下去，他打算先應門了解情況——按門鈴的不是鬼魂，所以不是死鬼萬事屋的專屬鈴聲。

當陳馥萱按照南朵延給的地址，帶著白虎和晚餐抵達時，演唱會正準備開始。

在陳馥萱眼中看到的，是大門自行開啓，因爲家裡唯一的人還坐在沙發上聚精會神地盯著電視，聰明如她立刻就想到是南朵延的鬼搭檔替她開的門。

「謝謝。」陳馥萱對著空氣輕聲說，儘管不知道對方在哪，還是覺得要保持禮貌，還自覺地幫忙關上門。

「不是委託，是陳馥萱小姐來了。」任昭廷大聲提醒南朵延。

南朵延這才願意回頭，尷尬得撓著耳朵站起來，原本想要接待陳馥萱，可就在此時，電視傳來音樂聲，演唱會的開場預錄影片開始播出。

看了看陳馥萱，又看了看電視，南朵延顯得左右爲難，「抱歉，妳來得不是時候，我要看演唱會了，沒法招呼妳，妳就當作在自己家，隨意點吧。」

原來是要看演唱會，難怪傳訊息也沒有回應。陳馥萱逕自走向中島，把背包和手中幾袋食物放下，從袋裡取出一杯珍珠奶茶，又走到沙發旁邊，「我可以一起看嗎？」

「當然可以！」南朵延揚起笑臉，連忙把沙發上的周邊商品搬到茶几，又挪動屁股騰出位置讓陳馥萱坐下。

「給妳的。」陳馥萱把珍珠奶茶放在南朵延眼前的位置。

南朵延只是瞥了一眼，道了聲謝之後，便全神灌注在電視上。

陳馥萱好奇地看向茶几上的明星專輯和周邊商品，雖然平常工作常常會與演員碰面，但還是頭一次接觸周邊商品，她感到很新奇。

本來站在門旁的任昭廷也走過來探頭去看，他在地府任職時候，也會看到黑膠和錄音帶，光碟已經不是他熟悉的東西了，更沒想到專輯裡不只是光碟，還附帶一堆東西，歌詞本、迷你寫眞、書籤、折疊海報……還有一旁的卡冊，裡面滿滿都是偶像的照片。

當陳馥萱伸手想要拿起卡冊時，一直盯著電視看的南朵延還說了句：「小卡很寶貴，要小心點喔。」

陳馥萱翻頁看著，任昭廷也跟著看，然而看不出個所以然，不自覺低喃：「不就是印了肖像的小紙片嗎？」

南朵延狠狠瞪了他一眼，「你才只是印了肖像的小紙片！」

突如其來語氣惡狠狠的一句，儘管陳馥萱不知道南朵延的鬼搭檔說了什麼，也大概猜到一二。

「不一樣，這是喜歡的人，是蘊藏著愛意的信物。」陳馥萱抬起頭，與回頭的南朵延目光交接，眼神彷彿能把任何事物看出蜜來。

南朵延的心跳漏跳了半拍，呆看著對方，移不開視線……這樣的溫柔很危險，容易令人不自覺陷進去。才一瞬間，她腦袋便警鈴大作，提醒她不要因爲突然有人理解她就輕易解除防衛。

電視機傳來了歡呼聲，她趁機別過頭，馬上坐直身子，跟著現場的歌迷們揮動閃爍著不同燈光顏色的手燈。

不打擾南朵延的興致，陳馥萱放下卡冊，安靜地跟著南朵延一起看演唱會。她注視南朵延的舉動，明明沒有別人在場，對方還是隨著音樂節奏熱烈地揮動著應援棒，有時還會喊出應援詞，拍手歡呼更是不可缺少。

任昭廷就站在陳馥萱身旁，不經意地打量著對方，莫名的熟悉感再次襲來，就像認識很久一樣，這種感覺在遇見時便存在，卻找不到理由。

被忽略多時的白虎試圖從陳馥萱的背包裡爬出來，然而不知道陳馥萱是否擔心把他弄丟，背包外面的釦子扣得緊緊的，他只能擠出半張臉。接著他又伸出胖乎乎的小手摸索著，試圖解除封印。

任昭廷發現了，便替他解開釦子，白白胖胖的白虎重見天日，高興得抱住任昭廷的臉。

被白虎完全遮擋住視線的任昭廷無奈把他拿開，「以後不准在未告知的情況下亂跑，南朵延會擔心你，知道嗎？」

「噢……知道……」白虎乖巧地點點頭。

像陳馥萱這種氣運很好又沒有靈異體質的人，無法感應到鬼魂存在，就算任昭廷和白虎在她耳邊大聲說話，她都不會知道。可若他們現在大聲說話，絕對會惹毛注意力全放在演唱會上的南朵延……

演唱會正式結束，南朵延意猶未盡，一個勁地跟身旁的陳馥萱回味方才有什麼精彩的片段、好笑的對話。

「咳咳——」任昭廷清了清喉嚨，原想提醒南朵延白虎回來了，但對方興奮得根本沒留意到他，只得提高音量叫喚：「南朵延！」

南朵延渾身打了個激靈，「幹麼啦！」不耐煩地回頭瞪向任昭廷。

「白虎回來了。」

「對喔，白虎！」

聞言，陳馥萱站起來轉身走向中島，想要拿出公仔還給南朵延，才發現背包被打開了，白虎不見了，「公……公仔不見了……」一時慌張得結巴。

事實上，白虎已經來到了南朵延身旁，小手正試圖拍打南朵延吸引她的注意。

南朵延一手抓起白虎，「妳說這位小朋友嗎？」

「嗯？我已經還妳了嗎？怎麼會——」陳馥萱話未說話，白虎便向她揮揮手。

「他叫白虎，是個附身在我公仔上的小朋友，不用害怕。」

「他昨晚有在動嗎？」望著眼前詭異的一幕，陳馥萱仔細回想，白虎在她家的時候就是一隻很普通平凡的公仔而已。

「我怕嚇到漂亮姐姐，所以我都沒有動喔！」白虎燦笑著。

「你還敢說啊！」南朵延睨了白虎一眼，見陳馥萱一臉疑惑，才又解釋：「他說怕嚇到妳，所以他不敢動。」

「喔，明白。那現在在妳身邊的是妳搭檔嗎？」陳馥萱又問。

「不是喔，任昭廷那傢伙現在妳左手邊。」

「所以現在是二人二鬼？」陳馥萱試圖搞清楚狀況。

「那傢伙半神半鬼，所以這裡的鬼算一個半吧。」南朵延頓了頓，突然想起什麼，猛地往房間跑去，從書桌旁的抽屜裡取出一副眼鏡，來到陳馥萱跟前，「妳戴這個試試看！」

一旁的任昭廷本想制止，可陳馥萱已把眼鏡戴上。

像是確認前後變化似的，陳馥萱把眼鏡拿下又戴上，重複幾次之後，才心滿意足地笑了起來，「太神奇了，我終於看到你了！」指的是任昭廷。

「她看見也沒用，聽不到我們在說什麼。」任昭廷微微搖頭，讓一般人開天眼是違反規定的事。

「你用法術讓她能聽到就好了啊。」不知情的南朵延說得理所當然。

「是神通。」任昭廷搖頭拒絕，「人間有人間的規矩，地府亦然，現在沒任何理由要讓她看到或聽到她本不該知道的事。」

南朵延想了想，「她是死鬼萬事屋新聘請的臨時員工，有空就來打零工賺功德。」自作主張之後才討好地笑著看向「被打工」的陳馥萱。

「妳要先得到人家的同意，不可以擅自替——」

「妳不反對吧？」南朵延打斷任昭廷，盯著陳馥萱眨了眨眼。得到陳馥萱首肯之後，便挑挑眉轉向任昭廷，彷彿贏了比賽，「她是我們的搭檔了，請讓她聽見大家的對話。」

拗不過南朵延，任昭廷還是從了，隨手拿起一旁的扭蛋玩具擺設，在空中畫了一道符打進擺設裡，遞給陳馥萱。

陳馥萱接過以後，任昭廷才開口：「我不可以幫妳開天眼，開天眼不只代表要背負天命，也會沾染到他人的惡業，所以我只能讓妳在持有這個小東西的時候，暫時能看到和聽到神明和鬼魂。然而，若沒有我或南朵延在妳身旁，即便妳持有它也無法看得見、聽得到。」頓了頓，他在陳馥萱面前攤開手掌，「請把眼鏡還我。」

陳馥萱聽話把眼鏡歸還，南朵延竟伸手想要奪過，只見任昭廷一接過眼鏡，眼鏡便消失得無影無蹤。

「妳尚且有很多規矩不懂，不知者無罪，但為防妳下次再度興起要把工具給一般人使用，必須沒收。」任昭廷不容南朵延抗議。

「沒關係，我平常也不需要看到鬼神啊。」陳馥萱試著安慰鼓著臉頰一臉不快的南朵延，眼珠轉了轉，看到自己買來的晚餐，「看完演唱會，現在餓了吧？都已經過了吃飯時間。」

本來還不餓，陳馥萱一提起，南朵延就覺得餓了，不自覺摸著小肚子，看來她的想法都被陳馥萱拿捏得一清二楚呢。

「雖然放涼了，不過我看妳有微波爐，熱一下就能吃了喔。」陳馥萱拿起裝滿食物的袋子，彷彿真的在自己家一樣，逕自走向料理臺，拿過盤子準備晚餐。

第十三章

陳馥萱逐一把食物取出，把蚵仔煎和炒飯分別用盤子裝好，放進微波爐加熱。陳馥萱就像是房子的主人一般，熟練地拿起湯鍋，把排骨湯倒進去，開啓電磁爐加熱。

南朵延雙手托著腮，半趴在中島上看著袋子裡其他食物，「妳怎麼買那麼多呀？」

「誰叫妳不回我訊息。」陳馥萱嗔怪回答。

「啊？」南朵延回到沙發拿起自己的手機，才發現陳馥萱傳了幾條訊息給她，問她要不要吃晚餐、要吃什麼，然而那時她正準備要看演唱會，注意力都在筆電和電視上，根本沒留意手機。

「因爲不知道妳喜歡吃什麼，在路上經過看到有什麼就買什麼了，想著總會有妳喜歡吃的吧。」陳馥萱把幾串冰糖葫蘆用筷子拆分到盤子上，轉身放上中島，「這樣三種口味都可以吃到了。很餓的話先吃這個吧，其他還要再等等。」雖然拿著竹籤直接吃也可以，但她們沒那麼相熟，如此親密似乎不太妥當。

「哇，是冰糖葫蘆！」南朵延語氣很是雀躍。

陳馥萱笑了笑，至少這一樣是對方喜歡的，沒有白買。

只是當陳馥萱看到南朵延只吃冰糖葫蘆外面那層冰糖，把內餡擱下來不打算食用時，不禁感到疑惑，「不好吃嗎？怎麼不吃了？」

「我才不要吃內餡！」南朵延皺起鼻子，「內餡的味道和質感好奇怪。」

一旁的任昭廷難得沒有唱反調，竟然還點頭同意南朵延的話。

「不喜歡吃蜜餞嗎？」陳馥萱拿著叉子，把另外兩款口味區隔出來，「那吃這兩個吧，一個是草莓，一個是橘子。」

「我還是只吃外面那層脆脆的糖喔。」南朵延說著，任昭廷又點點頭。

「草莓和橘子都不喜歡嗎？」陳馥萱心想著，她幾乎把所有口味都買回來了，還是沒買中南朵延喜歡的嗎？

「喜歡啊，但這樣吃草莓和橘子的味道就不一樣了。」南朵延說得理所當然。

「是的，味道會不一樣。」任昭廷插話。

「外面那層最好吃了！」

「嗯嗯，冰糖才是重點。」

「應該要立法推廣只吃脆脆！」

看著一人一鬼一唱一和，陳馥萱甚至開始反省是不是自己的吃法不對，冰糖葫蘆是不是眞的不該吃內餡。

「我也想吃糖！」

白虎爬到中島之上，伸手抓向冰糖葫蘆，下一秒就被南朵延抓了起來，再放到地上，「小朋友吃那麼多糖會蛀牙。」

好喔，連白虎都想吃冰糖，彷彿陳馥萱才是異類。

「可是只吃冰糖不會太甜嗎？只吃糖的話，吃街頭那種拉糖還是吹糖不是更好？」陳馥萱探問。

「那種現在很難找啊，而且味道和口感不一樣。」

「沒錯，完全不一樣。」

南朵延和昭廷對看了一眼，然後笑了起來，彷彿找到同好般的喜悅顯露於兩人的臉上。

任昭廷沒想到，原來喜好和口味會延續到下輩子。

「眞是好欠揍的吃法……」陳馥萱雖然滿臉寫著難以理解，卻還是找出湯匙，把糖葫蘆外層的冰糖敲碎給南朵延，自己默默把剩下的內餡吃掉。

其他食物此時也加熱完畢，全部擺在中島上，甚至還有鹽酥雞，讓南朵延以爲自己去了一趟夜市。

因爲白虎一直試圖要抓食物，南朵延不耐煩地把他抓住，然後塞到任昭廷懷裡，「你看好他！」

任昭廷低頭看向一臉委屈的白虎，語氣溫和，「我們去看卡通吧，不要打擾她們。」就把白虎帶去沙發坐下。

「對了，妳是做哪一行的啊？一般人不太會平日跑去高空彈跳，又還沒到六點就下班過來還我白虎吧？」吃了一口炒飯，南朵延才想到這件事，這人該不會跟她一樣無業吧？

「算是個特技演員？」陳馥萱歪著頭思考如何解釋，「主要是武打替身，不過有時候也會幫忙走位或是當手替，但不是每天都有戲要拍，也不是每次都需要我去工作，像這幾天就是完全空檔的時間。」

「走位和手替是什麼呀？」

「就是替演員先試一遍流程，等鏡頭、燈光什麼都確定好，演員才會上陣，手替就是手的替身囉。」陳馥萱伸出雙手模擬著，「只拍手部看不出是誰嘛，演員有時候沒空只拍手的鏡頭，像是特寫寫字那種，就會由我來代替。」

「妳的手很漂亮，看起來像是很會彈琴的手！」

「謝謝。」

「不過妳長得也很漂亮啊，沒人找妳當演員嗎？不用當別人的替身。」

「可是我不會演戲啊，我只會打打殺殺和摔車摔得很漂亮，哈，我可是替演員拍了很多摔車戲喔。要是我像媽媽那樣有氣質，說不定還能當個模特兒。」陳馥萱自嘲地笑了笑，想到媽媽，臉上浮現一絲惆悵。

察覺到氣氛不太對的南朵延抿抿嘴，猶豫再三才說：「妳媽媽看起來很愛妳，不過她說她太少陪伴妳，覺得錯過了很多可以跟妳一起度過的時間。」

「其實我媽很好，幾乎沒有缺點，除了很愛我，還給我很大的自由空間。」陳馥萱的思緒彷彿飄到了陳韻茹還在的地方，「無論是什麼事，如果我想做，她幾乎都會全力支持我。她常說，只要我深思熟慮過，也願意承擔選擇後產生的結果，就不會干涉我。

「她從不會說女孩子應該怎樣，或是一定要我當個乖學生。甚至我一時興起想學芭蕾舞，只學了兩個月就半途而廢，預繳的學費不能退款，她都沒有責怪我，還鼓勵我繼續尋找興趣。

「後來我選的是一般女生都不感興趣的武術，課室裡二十幾名學生，只有我是女生。我媽什麼都好，唯一的缺點大概就是很忙，沒有時間好好陪我。可是現在想想，她不忙的話，哪來的錢讓我學才藝？那時我不懂，還常常浪費她一片苦心。」

「她說她答應過妳很多事，可是很多都沒有做到。不過也沒辦法，單親媽媽要把孩子帶大，應該很辛苦。」南朵延想起自己的爸爸媽媽，雖然他們是雙親家庭，但是要照顧三個孩子，其中一個還是從一出生就體弱多病的倒霉蛋，那段日子一點都不輕鬆吧。

「嗯，爲了讓我好好長大，媽媽才會那麼努力工作。只是有時眞的寧願她多陪伴我一點，大不了我就不念大學早點出來賺錢替她分擔嘛，然而這個是她唯一否決不讓我做的事，她表示不需要我的幫忙。

「她曾說要陪我去主題樂園玩雲霄飛車，最後我是因爲學校的畢業旅行而去玩過一次。後來，她還答應過要陪我跳傘呢，可是等我快存到錢去外國跳傘時，她就病倒了。

「高空彈跳也是，小時候我看電視節目介紹，就很想親身玩一次，沒想到這次她確實陪我一起跳了。不過說來也奇怪，妳怎麼知道我那天會去那裡？」指的是高空彈跳的場地。

「妳媽說的。」南朵延回想陳韻茹說過的話，「她好像拿到輪迴資格之後，就不時偷偷往返人間，在妳身旁守護妳。」

「那天是我媽的忌日，剛開始做化療的時候，她答應過我，會努力康復陪我一起高空彈跳。」，陳馥萱眼眶濕潤起來，忍著淚意，故意用輕鬆的口吻笑著說：「哈，好險我這些日子都沒做什麼出格行爲，也沒有談戀愛，不然被媽媽看到就糗大了。」

南朵延不知所措地撓撓頭，想安慰卻又詞窮，想了很久才說：「可是妳又不是學生了，談戀愛被媽媽看到應該還好吧？長輩都很愛催婚不是嗎？念書的時候不許人家談戀愛，一畢業就催促結婚，以爲是超市買菜喔！還好我媽夠阿莎力，每次一有長輩碎念，都會幫我們三兄妹擋住。」安慰的話從南朵延嘴裡說出口，都會變成吐槽。

擱在桌上的手機螢幕一閃，南朵延伸手拿起，臉上浮現笑意。

「什麼好笑的事啊？」陳馥萱湊過去看，似乎是通訊軟體的群聊畫面。

「嘿嘿，我家歐巴和歐膩在音樂節要有合作舞臺了！」南朵延瞇起眼燦爛地笑著，有點像傻笑的小狗狗。

「妳很喜歡他們？」陳馥萱看著南朵延的手機螢幕，待機畫面和桌布看起來是不同的偶像團體。

「嗯！」一提起喜歡的偶像，南朵延雙眼都亮起來了，「如果妳想的話，我隨時都可以『安利』妳喔。」

「好啊，之後妳再慢慢告訴我關於他們的事。話說，妳爲什麼會想追星，而且妳看著他們的時候，好像在看非常美好的事物？以前還在念書的時候，我同學也有追星，出來工作之後，就好像沒再看到他們追星了。」

「喜歡他們有很多理由，但喜歡追星的理由只有一個——決定權在我手上。」

「決定權？」

「關係開始與結束的決定權。很多人以爲偶像和粉絲之間的關係是雙向的，或者是由偶像主導。其實不是，握有決定權的人其實是粉絲，粉絲變心或討厭偶像的話，一切關係就都結束了。」南朵延頓了頓，幽幽地說：「妳是不是也覺得我很幼稚？」任昭廷就會嫌棄她不夠成熟。

陳馥萱沉默半晌後，主動張開雙臂，給了南朵延一個擁抱。

不習慣肢體接觸的南朵延彆扭地想要掙開，「幹麼啦……」

「辛苦了。」陳馥萱依然抱著南朵延，輕輕拍拍她的背，安慰著懷裡瘦小的她。

本來不曾想過會哭，可不知怎地，南朵延在聽到那句「辛苦了」之後，積累多時的滿腔憋屈頃刻爆發，眼淚不受控制，像是突然沖破堤防的洪水般不斷湧出，哭得像個孩子。

陳馥萱的肩膀和背部的衣服濕了一片，她摸摸南朵延的頭，「都過去了，會好的，以後除了偶像，受委屈的時候也可以想起我呀。我們的關係就由妳作主，只要妳不丟下我，我也不會丟下妳。還有，妳一點都不幼稚，投入熱情追星的時候，妳也在閃閃發光，生命能擁有這樣的熱情不是很有意思嗎？」

一個擁抱，比許多話語更能表達「我接納妳的所有」，包括優點、缺點，都一併包容。

「原來是這樣呀……」任昭廷並沒有注意電視播放的內容，反而一直偷聽二人的對話，而懷裡的白虎沒看一會兒卡通就睡著了。

任昭廷不由得慨嘆，一個新認識的人都比他更了解，也比他更願意接納另一個自己，「我怎麼就沒有想到，她會如此，其實是我的原因呢？」

「哎呀，你怎麼這才想到呢。」福德正神突然憑空出現在任昭廷身邊，逕自坐在沙發上，「得叫文昌帝君替你補點聰明才智才行啊。」

「要不是我已經死了，祢差點又要再嚇死我了，擅闖民宅啊。」連一向淡定的任昭廷都被福德正神忽然的搭話嚇了一跳。

「果然是同一個人啊，這句話像極了南朵延會說的，連口氣都很像。」

「哪裡像了？」

「哪裡都像，傲嬌和悶騷的部分最像了。」福德正神挑眉望向任昭廷，配上調侃意味甚濃的笑容，樂呵呵地說著：「嘖嘖嘖，我也是頭一次看到有人吃冰糖葫蘆不吃內餡。」

「吃內餡才奇怪好嗎！」翻白眼對正神太不禮貌，所以任昭廷選擇眯起眼還以一個「和善」的微笑。

「你不好奇爲什麼南朵延寧願跟陳馥萱說這些，卻不曾向你解釋嗎？」德福正神頓了頓，「大人的反應決定了孩子們是否願意向你傾訴心聲啊！你讓她覺得跟你說也沒用，或是產生『早知道就不跟你說了』的感覺，她以後就眞的不會跟你傾訴了。」

「我又不是她爸……」任昭廷垂下頭，明白自己也有做不好的地方。

「對嘛，你不是她爸，你也知道喔？你呀，就別再倔了，都是同一個靈魂，有什麼好排斥對方的呢？她就是你，你就是她啊。放寬心一點，多用她的角度嘗試理解吧，你跟她的成長環境和年代有那麼大的差異，不能強求她的價值觀跟你一模一樣。她當然有她的缺點，可你的缺點也不少啊。人本來就有很多面向，自己也不了解自己是很正常的事，但就是要學會理解，才能慢慢完整你們的人生啊。」福德正神邊說邊拿起茶几上的珍珠奶茶，「作爲開解指導的謝禮，我就不客氣了。」

「欸，那杯是——」任昭廷想阻止也來不及，福德正神拿著珍珠奶茶打了一記響指，便憑空消失了，「那杯是陳馥萱買給南朵延喝的啊……」南朵延剛才只是太專心看演唱會才會忽略那杯飲料，要是被她發現珍珠奶茶不見了，恐怕又要炸毛了……沒想到福德正神喜歡喝手搖飲啊。

自己不了解自己是很正常的事嗎？任昭廷想了想，他的確好像從沒有聽從過自己的心意。

第十四章

演唱會那天過後，南朵延充滿能量，除了看到心愛偶像的演出，更重要的是，她感受到被了解。

另外，南朵延還收到爸媽寄給她的湯包和水果，箱子外頭圓滾滾的字體寫著——不能餓到我家女兒，一看就知道是爸爸的筆跡。

南朵延心情大好，沒有委託上門，也樂得清閒。她還趁任昭廷不注意的時候，偷偷上求職網站投履歷。

總不能到老都靠這份不穩定也難以宣之於口的工作吧？即使南朵延看起來吊兒郎當，還是會爲自己的未來打算，畢竟不是誰都像陳馥萱那麼奇葩，既不怕她又主動跟她做朋友，甚至願意無私幫忙。而且她也不想爸媽再爲她操心，不想哥哥姊姊被說有個不事生產的沒用妹妹。

「南朵延。」

背後傳來的呼喚嚇了南朵延一跳，雖然知道任昭廷就在客廳，可她正在看徵才資訊，有點心虛……

「怎麼啦，有委託喔？」坐在書桌前的南朵延假裝不經意地把手機螢幕翻轉朝下，扭頭看向任昭廷。

「不看電視就不要開著電視又待在房間，很浪費電。」

「吼，知道了，我現在就出去看電視唄。」南朵延拿起手機往客廳走。

「跟妳商量一件事，我可能需要回地府一下下。」

「要回就回啊，幹麼跟我報告？」

任昭廷皺了皺眉頭，南朵延似乎還是很排斥他的存在，不過現在的他學會了放下身段，盡量不跟她鬥嘴生氣。

「我不在妳身邊的時候，如果可以，最好待在家別亂跑。」

南朵延挑起眉毛，「放心吧，沒有你在的二十四年，倒霉是倒霉點，不過我有很多應付水星逆行的經驗。」說完便把目光投向電視上正在播出的新聞，看起來並不是很在意。

「實際上水星並不是逆行，它一直是順向前行，只是——」

「只是它是打圈地運行，從地球看就好像是逆行一樣，是視覺差異造成的錯覺。」南朵延嘴巴抿成一條線，歪頭看著任昭廷，「很驚訝我知道嗎？我不是笨蛋呀，而且這個根本不是重點好嗎？『水星逆行』只是個形容，是形容！」

死鬼萬事屋的專屬鈴聲響起，適時地打斷又快要開始拌嘴的一人一鬼。

「有委託了。」任昭廷無奈。

「你的地府行要延後了。」南朵延揚起得意的笑容。

來訪的鬼魂給南朵延一種病態美的感覺，瘦骨嶙峋、蒼白、神祕、頹靡……都是可以放在這鬼魂身上的形容詞。

門打開了之後，空氣突然變得安靜，只有電視裡傳出懷疑醫護人員間有糾紛，導致一位醫師被另一位醫師用手術刀所傷，需要送往加護病房的新聞報導聲音。

門前的鬼瞥了眼電視，又看了看眼前的一人一鬼，「我是曹嫚汝，想請你們幫我找我男朋友。」聲音有分柔弱感，特別能激起別人的保護欲。

任昭廷瞇了瞇眼，總覺得曹嫚汝有點奇怪，卻又說不上哪裡不對勁。在執起曹嫚汝的手進行例行查看時，他不經意地皺了皺眉頭——這隻鬼沒有等候投胎的號碼。

「曹小姐，若沒有鬼差帶領，妳需要先去地府報到。」任昭廷並未直接邀請對方入內。

鬼魂需要先接受審判，才知道是否可以輪迴投胎，還是要接受地獄處罰。所以來到死鬼萬事屋求助的，除了第一宗委託是被鬼差押過來的新鬼外，其他都是已接受過審判，離世一段時日的鬼魂。

「拜託你們幫幫我，事態緊急，要是你們不幫我的話，我男朋友就要死了！」曹嫚汝急得下跪。

「請起請起！」任昭廷受不得跪拜這麼重的禮，連忙把曹嫚汝拉起來。

不幫就會死人嗎？站在任昭廷身後的南朵延抬了抬眉毛，「不然妳先說妳想要我們幫妳什麼吧？」

「我男朋友自殺了，他被救了回來，但一直昏迷不醒，因爲他的魂魄不知道跑去哪了！」

聞言，任昭廷當即打了道符進曹嫚汝魂魄之中，邀她入內詳談。他邊走邊說：「魂魄離體不代表人去世，但魂魄不在人就會失去意識，處於昏迷不醒的狀態，這種狀態不可持續過久，即使軀體因科技進步得以繼續運轉。魂魄在世間飄蕩是很危險的事，若是被鬼差發現倒還好，通常會把魂魄驅離，讓他們返回自己的身軀，要是作惡太多也可能直接收押至地府進行審判。」

「被押去審判不也是死掉的意思嗎？哪裡有比較好……」南朵延不解。

「如果一直沒被鬼差發現，魂魄失去肉身容易消散，徹底變成散落在世間的粉塵，無法輪迴投胎，這是比在地獄受刑更無望的永世囚禁。」任昭廷剛在地府任職時，就被多次提醒灰飛煙滅才是最可怕的懲罰，「所以人不能做壞事，變鬼之後也不能做壞事，否則被罰惡司揮刀劈下來，也是灰飛煙滅從此化爲虛無。」

「魂魄消滅原來也符合質量守恆定律呢。」南朵延下了個科學結論。

難得一次換任昭廷翻了個白眼，「這不是重點，重點是曹小姐希望她男朋友的魂魄返回身軀。」

「你幹麼學我！」

「我才沒有學妳。」

「兩位！」曹嫚汝大吼：「我男朋友叫錢仁鎬，我懷疑他可能在家裡，可是我進不去，不知道情況，如果他真的在家裡，拜託你們把他帶出來。」

「請把資料都給我們，我們一定會盡力。」

「啊你都不知道人家的家在哪就接委託？萬一是我們做不來的任務該怎麼辦？而且，你確定她有功德值可以換我們的協助嗎？」南朵延不滿任昭廷擅作主張。

「救人一命，勝造七級浮屠！現在不是計較的時候，況且不試過怎麼曉得沒辦法成？」任昭廷瞪了南朵延一眼，回頭又對曹嫚汝說：「請把資料給我們，我們雖不保證結果，但必定盡心盡力。接下來請妳先到地府報到，如有消息，我會請鬼差協助轉告於妳。」

儘管心有不滿，既然已接下委託，南朵延暫且不跟任昭廷較勁，還好錢仁鎬的家也在臺北，並不是太遠，於是他們決定先去錢仁鎬肉身所在的醫院先行察看情況。

知道白虎害怕踏進醫院，南朵延便讓白虎在附近等待，「乖乖等我們出來，不要亂走喔。」

南朵延和任昭廷也沒讓白虎等太久，他們確認了錢仁鎬的樣貌、外在特徵和確實是離魂狀態後，就離開醫院與白虎會合，一刻不敢怠慢，接著馬上前往曹嫚汝所給的地址。

錢仁鎬的家是一棟透天厝，外表看起來有許多歲月的痕跡，甚至可以說是有些老舊。

任昭廷圍著透天厝看了一圈，便了解到曹嫚汝進不去的原因。

「他家跟妳家一樣，有高人擺了陣法，設下了禁制。」任昭廷思考著爲什麼。

「難道他家也有人跟我一樣嗎？」抱著白虎的南朵延歪著頭，「要不你先進去看看情況？」

雖然於禮不合，任昭廷想了想，還是點頭答應。一般的陣法只能讓鬼魂無法越過界線，對他這半神半鬼來說卻沒有效用。

他直接穿牆過壁，玄關與客廳並沒有什麼特別，有位老婦人在小沙發上坐著，手中拿著佛珠，似在念經。

廚房傳來動靜，他走過去一看，一位與錢仁鎬相貌有幾分相似，年約五、六十歲的男子正忙著煲湯。

「你別瞎忙了，兒子還沒醒來喝什麼湯呢！我要去醫院看他了，你別太晚來。」從房間步出，經過廚房的中年女子說。

「哎，至少我們都能喝嘛，生活總得回歸正常。」男子拿著湯勺語氣無奈。

「那是你唯一的兒子！都是那女人害的，我兒子那麼乖，才剛畢業，哪會跑去自殺，一定是那女的騙他！」中年女子不滿意男子的態度，邊走邊抱怨，然後匆匆穿上鞋子，「媽，我晚點回來喔。」

直到門被關上，老婦人才說了一句：「南無阿彌陀佛。」

任昭廷在錢仁鎬家裡逛了圈，三房一廳兩衛，跟別的房子沒什麼不一樣，此外，錢仁鎬的魂魄不在家中。

「怎樣？我剛看到有個女人出來了。」南朵延一看到任昭廷便顯得迫不及待。

「他不在。」任昭廷頓了頓，說出自己的猜測：「剛才妳看到的那位，應該是錢仁鎬的母親，她在出門前曾經說過，是『那女的』害她的兒子。她指的人很可能是曹小姐，在她看來，錢仁鎬沒有自殺的原因。」

「你覺得曹嫚汝有古怪？」見任昭廷點頭，南朵延瞇起眼睛，「你能查到曹嫚汝是怎麼死的嗎？有沒有可能他們是一起自殺的？」

「妳是指殉情？但是一般自殺的鬼魂都帶有怨氣，而且多半會在死時被鬼差押去審判，不太可能像曹小姐一樣，還能來找我們。」

「我們問她錢仁鎬是用什麼方式自殺的時候，她說不知道。可是她才剛死，怎麼會知道錢仁鎬在醫院躺著是因爲自殺？又怎麼知道錢仁鎬昏迷不醒是因爲離魂？她連號碼牌都沒拿到手，這麼新的鬼有可能像你一樣會法術嗎？」南朵延越想越覺得不對勁。

聽到南朵延比他更大膽的推論，任昭廷不由得怔了下，仔細想想不無道理，「好吧，我傳音請同仁協助。」馬上閉起眼睛，默念傳音給附近的鬼差請求幫忙。

「還有，如果錢仁鎬不在家，還會跑去哪？多半會去些他熟悉又常去的地方吧？曹嫚汝能在人間自由行動，除了這裡進不去以外，估計她想得到的地方也已經找了一遍。錢仁鎬很可能是在一個他熟悉，曹嫚汝卻不知道的地方……你剛才進去有什麼發現嗎？他房間有什麼特別的嗎？」

任昭廷索性以食指與中指指向南朵延的眼簾，從左橫移至右方，就像他們初次見面那樣，南朵延的腦海裡便出現剛才任昭廷所見的影像。

「等等！」南朵延似乎有所發現，「他桌上那張是什麼，汽車出租單？能倒帶再看一次嗎？」

與其倒帶，不如讓任昭廷回想一次更快，「是汽車出租單沒錯，不過日期是一個多月以前。」

「這代表錢仁鎬沒有車但他會租車去某些地方啊！臺北交通那麼方便，不開車也不算困擾，要特意租車去的地方，交通可能不太方便，這樣看起來好像縮小了範圍……可實際上範圍反倒變得更大了。」南朵延有點懊惱，她的推理並沒有讓事情變得更簡單。

「不是要去特別的地方。」任昭廷閉起眼，片刻之後才接著說：「妳猜對了，錢仁鎬是跟曹嫚汝一起殉情，租車後在車裡燒炭。」

「曹嫚汝是死於一氧化碳中毒，對吧？」未等任昭廷回應，南朵延便掏出手機打開瀏覽器的搜索引擎，「他們是哪天殉情的？一定有新聞。」

正如南朵延所說，在得知日期之後，輸入相關的關鍵字，就跳出幾則相關的新聞報導。

「曹嫚汝患上絕症，錢仁鎬跟她一起自殺看起來好像還算合理，但總覺得哪裡怪怪的？」關閉新聞網頁，南朵延抬頭看向任昭廷尋求意見。

「我也覺得怪怪的。」安靜了好長一段時間的白虎一臉疑惑看著南朵延，「為什麼她生病了就要跟她一起自殺呀？」

「看我幹麼！這不也是我的問題嗎？」南朵延強制把白虎轉成面對任昭廷。

「如果是妳的愛人患了絕症，妳會怎樣？」任昭廷反問。

「一起面對啊！就算眞的治不好，也要陪著對方走完最後的旅程。一起去死嗎？我大概不會，而且就算要死也得等對方眞的死了再跟著去吧，萬一對方還有救呢？」南朵延靈機一動，「就是這點！錢仁鎬要去死的動機太弱了，反而更像是曹嫚汝拉著他陪葬……可眞是這樣的話，曹嫚汝沒道理要委託我們把錢仁鎬的魂魄找回來，讓他魂歸本體啊……」

「總之，我們先去租車店問問看他們當天是租哪臺車，錢仁鎬的魂魄說不定還在車上。」

「那樣曹嫚汝應該不會找不到吧？」

「就算不在那裡，也可能會找到別的線索，畢竟鬼魂容易在熟悉的地方流連，或在身亡的地點徘徊。」

第十五章

儘管南朵延仍帶著疑惑，還是選擇先出發再說，她怕拖沓而害錢仁鎬因爲離魂過久而死亡。

只是她才走到租車店附近，便有一名看起來不過十來歲的少年擋住她的去路。少年的衣著打扮非常新潮，乍看之下就像是初出道的年輕偶像，但又分明不是個普通人——他懸在空中。本應與南朵延身高相差不大，卻偏要騰至半空俯視她。

「初次見面呀，南朵延，聽說你們吵架吵到要福德調停啊？」

「元帥，讓您見笑了。」任昭廷微微欠身。

南朵延瞪著任昭廷，不敢直視這名「元帥」，她眼前的少年比起福德正神更像神，有種莫名的威嚴讓她不敢造次。

「這位是中壇元帥，五營元帥之首，主神之兵將。」

「削骨還父，割肉還母？」中壇元帥不就是三太子嗎？南朵延衝口而出，一說完，餘光瞥見對方正看著她便馬上後悔了，「對不起！」識時務者爲俊傑，只要道歉夠快，對方就不好意思再生氣了。

「我有這麼可怕嗎？不過那不是我，是初始神。」中檀元帥笑起來，緩緩降落地面，又轉頭看向任昭廷，「方才有差役來問訊，是你叫的吧？」

「正是在下。我們接了一宗委託，想要尋回錢仁鎬的魂魄。」

「嗯哼，他在我這邊。」中檀元帥頓了頓，勾起嘴角問：「你們把他帶走，那誰要陪我打遊戲呀？」

難道錢仁鎬是跟中檀元帥打遊戲玩到樂而忘返？還是被半軟禁？

南朵延歪著腦袋，狡黠的笑容浮在臉上，把懷中的白虎高高舉起，「他！」

「我不跟貓玩。」

被嫌棄的白虎張開胖胖的小手回頭向南朵延討抱抱，南朵延摸摸他的頭，直視著中檀元帥，「是白虎。」糾正過後還撇撇嘴表示不滿，似乎沒有一開始那樣害怕中檀元帥。

「元帥，事關性命。」任昭廷的提醒點到即止。

「還是你的轉世比較有趣。」中檀元帥看來只是開玩笑，「本帥施法鎮定住錢仁鎬的魂魄，但他不敢返回肉身。」

「不敢？」南朵延瞇起眼，事有蹺蹊。

中檀元帥收起笑臉，神情嚴肅，「委託你們的可是一名叫曹嫚汝的女鬼？」

任昭廷點頭，「元帥是否認爲她有古怪？」

「你們地府啊，怎麼老是把惡鬼放出來遺禍人間？她一直在醫院附近轉悠，姓錢的小子才不敢回去肉身。」中檀元帥嘆氣，同時抱怨：「你回去多建議一下增加差役吧，那麼多魑魅魍魎到人間來作惡是怎樣？嫌本帥太閒，想讓本帥幫忙抓鬼是嗎？」

「眞的很抱歉，我回去會如實匯報。可是依您所說，莫非錢仁鎬不是自殺，而是他殺？」任昭廷無奈，這不是他，甚至也不是他上司查察司的職權範圍，地府就是鬼滿爲患引發諸多問題，才讓他們試行死鬼萬事屋的計畫。

「一半一半。」中檀元帥本來戴在雙手上的金色鐲子，隨祂伸直雙手時變大，而後脫離祂手腕快速飛走，「正確來說，他是被曹嫚汝誘導自殺，他可後悔著呢，還哭著說他其實不想死。」

一陣風吹過南朵延身邊，中檀元帥側過身，便見祂身後站著一個被兩個金環固定的男子——正是錢仁鎬。

「人就交給你們了，別說本帥沒有提醒，你們把他帶回醫院時，最好讓差役陪同。」中檀元帥說罷，金環重新變回金色鐲子飛回祂手上，然後揚揚手，消失不見。

「剛才那是傳說中的乾坤圈嗎？比魔術更神奇啊。」南朵延感嘆。

任昭廷白了她一眼，懶得跟她抬槓，正事要緊，「元帥說你是因爲曹嫚汝在醫院附近才不敢回去，你很怕她？」

「我記得我們是在車上燒炭的……」錢仁鎬垂下了頭，「她、她想要我陪她，我也的確答應她了，只是我後悔了……雖然我現在記不太清楚，但我感覺那時我眞的不太想死……」

「可是我怎麼看不出曹嫚汝有怨念？而且她想要你死，怎麼又會委託我們把你救回？」

一般鬼魂變成厲鬼是有預兆的，南朵延看不見，任昭廷卻可以看到。怨念會在鬼魂周遭散發紫綠色暗光，怨念或恨意越重，紫綠色便會由淡得幾乎看不見慢慢轉為接近實色的霧團。

「不對，她只是叫我們找到錢仁鎬，從來沒說要把他帶到醫院，更沒有說要把人救回來。」南朵延的眉心都皺成小山丘，「錢仁鎬反悔了，她要親自讓錢仁鎬履行承諾。曹嫚汝可能也來過這邊，只是中壇元帥護著，她才沒看見錢仁鎬。」

任昭廷和南朵延都隱隱察覺到不妥，這次的委託彷彿一個圈套，然而錢仁鎬已被他們找到，也需要盡快返回肉身，所以他們還是決定幫忙到底。被惡鬼纏上可不是件小事，任昭廷不敢讓南朵延犯險，馬上找來熟悉的鬼差幫忙護法，協助護送錢仁鎬到醫院。

一路上都沒有特別狀況，也沒發現曹嫚汝的蹤影，除了中間白虎貪玩有段小插曲外，整個護送過程都頗為順暢。

快要到達醫院時，白虎被貓咪吸引，趁大人們沒注意時追著牠跑，也沒留意自己已走上馬路。

眼見遠方有輛貨車即將駛至，南朵延情急之下沒多細想便衝上前把白虎抓起，再慢一秒，他們可能就會被貨車撞到。

「沒事吧！」任昭廷緊張地來到南朵延身旁，貓咪也被他的來勢洶洶嚇跑，「妳知不知道這樣很危險？行事豈可如此魯莽？」

南朵延伸手拍掉白虎身上的灰塵，「可是我不去抓他，他就會被車撞了啊。」

「白虎身上有福德正神的烙印護體，而且他早已死了，不會再死一次，大不了只是魂魄脫離公仔，用得著妳保護他嗎？」

「我哪有時間想這麼多！那麼突然的事……」

「妳只有這次沒有多想嗎？妳每次做事都不會先想清楚。」儘管是擔心對方，但任昭廷表現出來的方式卻顯得咄咄逼人。

「我也有平安符啊！福德正神也會保護我，不是嗎？」

「妳就恃著有神明護妳，做事便可不管後果了嗎？」

「嘩——你這邏輯眞是厲害了。」見笑轉生氣，南朵延只是想救白虎就被罵了個臭頭，心裡也忿忿不平，「把福德正神說得那麼罩，不用擔心白虎會出事，換成是我就不行，是福德正神差別對待，還是你覺得祂保不住我？」

「我沒有這樣說過。」

「你就是這樣想的！」

「姐姐、叔叔……別吵了。」白虎連忙勸架，「白虎知錯了，不會再跟著貓貓跑走……你們不要吵架了好不好？」

任昭廷和南朵延決定以大局爲重，暫停爭吵，繼續執行任務。

只不過因爲這段插曲，白虎明明害怕踏進醫院，卻還是硬著頭皮窩在南朵延懷裡一起進去了。

所有事都看似很順利，鬼差不只把錢仁鎬護送至醫院，還在親眼見證錢仁鎬的魂魄回歸肉身後才作揖離開。

錢仁鎬的父母在場，南朵延不好靠近，只能裝作探望別的病人，遠遠地觀察。

只是，當錢仁鎬的父母都離開醫院，他依然躺在床上，沒有一點反應，生理監視器的螢幕顯示指標一切正常，但與錢仁鎬離魂時並無差別。

「不是說魂魄回到身軀就會醒來嗎？」這是冷戰了數十分鐘後，南朵延的第一句話，也帶有示好的意思。

可是木納如任昭廷，並沒有接住南朵延的好意，雖然口吻變得和緩，還是忍不住嘮叨：「他可能還需要一點時間重新掌控身體。下次妳再魯莽行事，躺在床上的人便是妳。」

南朵延沒好氣地翻了個白眼，「你一路都在碎碎念，不累嗎？」

「我是爲妳好。妳總是不懂瞻前顧後，做事不顧後果，做人又不思取進，妳這樣怎麼行？」

「呵，我還需要一隻鬼來教我做人呢。」

「妳看，總是沒大沒小，不尊敬長輩、神明，見到福德正神也不謙卑一些，遇到鬼魂委託總是推卻，跟別人說話又沒有禮貌，不懂斟酌用語，如此一來，最後吃虧的只會是妳自己。我這麼說只是——」

「只是爲我好是吧？」南朵延氣得打斷任昭廷的發言，「誰要你爲我好了？你什麼時候產生了我是一塊鋼的錯覺呢？你不必恨鐵不成鋼，因爲我就只是一塊鐵，懂？你是我的誰？你就是我不是嗎？那我們就是平起平坐的啊，憑什麼我得聽你說教？」

「爲何對妳有益處的話妳總聽不進去？」

「我就廢不行嗎？」南朵延別過頭，「你走，我不想看到你。」

「妳！」

「怎樣，想發飆啊？來呀，來吵架啊，誰怕誰！」

「幼稚！」

「對，你最成熟穩重，看不慣你就滾吧！這裡有我看著就行了，別老跟著我，煩死了。」

「小姐！」護理師出現在南朵延身後，瞧見她耳朵掛著的藍牙耳機後，按捺住情緒保持禮貌，「講電話請出去外面講，別打擾病人休息。」

「對不起。」南朵延垂下頭。等護理師離開之後，任昭廷也拂袖而去，她才發現懷裡的白虎正瑟瑟發抖，「白虎，怎麼了？」

「你們不要吵架……」白虎的聲音也是顫抖的，本來進醫院就讓他害怕，結果熟悉的大人又在醫院起爭執。

「對不起，下次不會了。你別怕，我們只是鬥嘴已而，不是眞的吵架。」南朵延抿著嘴，原來白虎跟自己一樣是個敏感的小孩啊。她邊安撫著白虎，邊往錢仁鎬的方向移動，「你再不醒來我也要走了喔，你都不知道我們小白虎是鼓起多少勇氣才踏進醫院來陪伴你的，你不趕快醒過來就對不起我們了。」

也不知道昏迷中的錢仁鎬有沒有聽見，南朵延盯著他一動不動，心情有點鬱悶。口袋裡的手機震動著，南朵延把白虎放在床上，掏出手機一看，是陳馥萱傳來的訊息，「要吃宵夜嗎？我剛下班。」

看著螢幕頂部顯示的時間，已經過了十二點，南朵延想也沒想就回傳：「會胖。」

「運動就好了啊，每天運動精神好。」

看著文字，南朵延都能想像得到陳馥萱爽朗的口吻。

「妳這身材還要運動？想逼死誰呀！每當妳瘦一克的時候，想想身邊的朋友吧。」南朵延嘆了口氣，同時捏了捏小肚子，居然都餓得扁了。

「那妳就跟我一起運動嘛。」

「聽起來不錯，不過我拒絕。」

「所以，要吃宵夜嗎？」陳馥萱再次提出邀請。

「想吃，但是我在醫院。」南朵延撇撇嘴，就爲了眼前還躺在床上的陌生人，連晚飯都還沒有吃。

陳馥萱回覆得很快，「怎麼了，妳哪裡不舒服？在哪間醫院？」

「不是我啦，委託探病中。」南朵延順帶傳送了自己的GPS定位。

「三十分鐘。」

南朵延看著訊息笑了起來，居然還眞的特意過來找她吃宵夜啊，人生第一次呢，有朋友關心的感覺眞好。

突然，生理監視器頂部的警報指示燈閃爍著紅光，錢仁鎬的心跳和呼吸異常，脈搏波形也變得不穩。

南朵延愣了愣，螢幕上顯示的心率隨即變成一條線，反應過來後馬上指示白虎，「按警鈴！」

她想在醫護尚未趕到之前，先行爲錢仁鎬施行心肺復甦術，然而床有點高，她個子嬌小不太好施力，便乾脆爬到床上，跪在錢仁鎬身旁。

「你不能這樣死掉，給我還魂啊！」南朵延邊壓邊吼。

沒有人注意到的是，南朵延在替錢仁鎬急救時，平安符也隨她的動作從口袋滑落到地上。

萬幸，在醫護人員接手之後沒多久，錢仁鎬便甦醒過來，而且看來並無大礙，南朵延這才鬆了一口氣。待醫護檢查完退到一邊，她才回到錢仁鎬身旁，「你嚇死我了！」

隱約聽到醫護人員要通知錢仁鎬的親屬前來，南朵延瞪著錢仁鎬再度開口：「你啊你，怎麼年紀輕輕就想著要死呢？就算別人要你死，你也可以拒絕啊！」見錢仁鎬想喝水，她便倒了杯水，再把他扶起來坐好，「人啊，生來就是要活著，無論如何也要活下去，這樣才能找到生存的意義，找到名爲幸福的東西嘛。我比你倒霉幾百倍，現在還好好地活著，你眞的要打起精神來呀！」

錢仁鎬喝完水之後，才低聲道：「可能我就是被愛蒙蔽雙眼吧。我是獨生子，從小到大我都沒有目標，因爲很小的時候我就知道自己長大之後會像我爸那樣，要什麼就有什麼，只要肯乖乖接手家裡的茶園生意就可以。

「嫚汝是唯一一個不搭理我的人，但越不理我，我就越想追她，爲了她學抽菸，陪著她瘋，半夜在山路飆破一百五十公里。明明有能力可以直接買下的手錶，只因爲太晚店家已經關店，就順著她意砸破櫥窗把手錶偷出來送她……跟她在一起，每天都有新鮮刺激的事，很好玩、很有趣，我也越來越喜歡她。好不容易追到她了，她卻沒剩多少日子……我、我想死嗎？其實一點也不想，可我就是答應了……對不起……」

「你是不是傻瓜？她只出張嘴，你就眞的做犯法的事。她完全就是那種帶頭霸凌人，卻從來不自己動手的壞人。你這個抖M蠢死了！」雖然南朵延滿臉嫌棄，可撇撇嘴之後，又主動上前抱抱他，給他一點安慰，「你記住啊，你的人生不用跟任何人交代，要誠實面對內心的感受，不想死就不要答應殉情，要善待自己、愛自己。一個眞正愛你的人，是不會主動要求你跟她一起沉淪的。」

「我知道了。」錢仁鎬的聲音有點沙啞。

「你看你，長那麼高，可是只有站起來那才叫高，躺著就空有一個『長』字。腦袋不要只長來顯高，還要用來多想想你身邊的人，爲其他愛你的人著想。」

「沒想到妳個子短短，卻很有深度嘛。」錢仁鎬笑起來有幾分痞氣，回嘴起來也不容小覷。

「我看你是眞的想再縮短你的人生。」南朵延齜牙咧嘴，下一秒又笑了起來。救人一命是否勝造七級浮屠她並不曉得，不過當生命因爲自己而獲得延續，這種感覺眞的很棒。

此時的任昭廷還不知道錢仁鎬已經醒來，因爲他已返回地府，正好趕在高層會議前見查察司一面。

「你來是所爲何事？」查察司依舊打扮時尙，對於任昭廷的來訪，似乎有些意外。

「屬下今日遇到中檀元帥，祂說人間惡鬼太多，希望地方加強巡邏的差役。」

「了解，我會向閻羅王大人說明。你還有什麼事？」

「聽說今天要召開項目進展會議，我想跟您匯報死鬼萬事屋——」

查察司揚手打斷任昭廷，「南朵延比你會說謊多了，你就說實話吧，別扯東扯西的。」

任昭廷抿了抿嘴唇，遲疑幾秒才探問：「以您與陰律司的交情，能否跟祂借三世書一看？」

「你是想知道田靜轉世了沒？如果轉世了，又會是誰、住何方、情況如何？」查察司一眼便看穿了任昭廷的心思，「天機不可洩露，地府亦然，窺探命運容易招致反噬，不可爲之。」

「可是——」

「回去。」查察司轉身要離開，走不到兩步又回頭喝停垂頭喪氣的任昭廷，「等下！想起有件事情要囑咐你。」

「大人請吩咐。」

「你可知我爲何安排林正雄跟隨你們？」

「偶爾需要一個小幫手？」任昭廷眼珠轉了轉，「當調停人？吉祥物？」

查察司搖頭否定，「他前世是其中一位虎將軍，犯了錯被重新打入輪迴，只要歷練三世累積功德有果，便會復其原職。」

「原來是虎爺啊……難怪會叫福德正神大哥哥，還能得到人間通行令……」

把林正雄附身至白虎公仔，不過是任昭廷即興所爲，沒料到對方竟眞與老虎相關，眞是天意。

突然，任昭廷的靈體變得虛弱，在任昭廷還沒察覺自己快不能維持形態時，查察司及時把一道氣灌進他的殘魂之中，暫且穩住他的狀態。

「快回去，南朵延要出事了！」查察司未等任昭廷反應，畫出一個圓便把任昭廷推進去。

第十六章

又一次的地府重臣例行會議，其實就算不開會大家也大概可以猜到會議內容。近十年的會議討論焦點都在如何降低鬼魂犯罪或變成惡鬼的事務上，只是近三年來人間與地府的變化，使這些項目變得更為重要。

賞善司剛匯報完返回座位，閻羅王大手一揮把桌上的投影畫面都撤去，抬眼看向會議上一言不發的查察司，「上次拍板的小鬼心願委託服務，試行結果如何？」

查察司先是愣了愣，才回答：「由於計畫還處於剛開展的階段，目前順利完成了四項任務。」

閻羅王皺起眉頭，看來並不滿意這個表現，連一直推動計畫的陰律司也稍稍低下了頭，不敢直視閻羅王的目光。

「那就是只解決了四隻鬼。」罰惡司輕輕哼了一聲，扭頭看向賞善司，「祢說，單是這一塊地，一年就死了多少人？」

「全年死亡數約莫十八萬人。」突然被點名的賞善司看起來有點尷尬。

「十八萬隻鬼，這麼一段時間，才解決了四隻。」罰惡司失笑，斜眼看著查察司的眼神滿是嘲諷。

「哎唷，才剛開始嘛！會慢慢做起來的，到時候擴展人手，就能有更好的成效，跟功過相抵一起雙管齊下，一定能改善。」賞善司連忙從中周旋，就怕氣氛鬧得太僵。

然而罰惡司未賞面，猛地站起來向閻羅王作揖躬身，「屬下希望閻羅王大人可以放寬斬鬼限制。」

「趕盡殺絕不是地府神明該做的事。」陰律司終於抬起頭。

罰惡司未看向陰律司，只是緩緩地說：「總是婦人之仁，想出的方法只是小修小補，成不了大事。」最後一句加重了語氣。

「哎……」見氣氛一時間僵持不下，賞善司試著勸說：「陰律司說得也沒錯，被斬了就會灰飛煙滅，怪可憐的，總得給他們一次機會？罰惡司，祢看如何？」

雖然看到賞善司向祂打眼色，罰惡司只是輕輕搖頭，「治亂世，用重典，先破後立古往今來行之有效。給了機會，就是給他們放肆的可能。」

眾神的目光都投向坐在主席位上的閻羅王，祂交叉著雙手托著下巴，一副正在思考的模樣，「既然不怎麼耗費地府資源，查察司祢就繼續好好做吧，我再給你幾個月時間。至於罰惡司的建議，我理解，但不可格殺勿論……這樣吧，若是怨氣已完全成形，一次警告無效即可斬立決。」最終下了個折衷的決定。

怨氣完全成形，指的就是圍繞著惡鬼的紫綠色暗光變成接近實色霧團的時候。

查察司在會議上的心不在焉引來陰律司的關注，散會以後祂悄悄跟在查察司身旁，待空間只剩祂們時，才輕輕拍了拍對方的肩膀，「祢怎麼了？整場會議都不在狀態。」

「任昭廷和南朵延那邊好像出事了，有點擔心。」

聞言，陰律司當即變出生死簿查看，「南朵延的陽壽尚未變更，大可放心。」見查察司仍愁眉不展，便再追問：「還有別的事？」

「中檀元帥抱怨人間太多惡鬼，還讓任昭廷來傳話。」查察司嘆了口氣，「小貓幾隻能做到多大效果？要讓鬼魂安分守己需要潛移默化，這些都要時間才能慢慢看到成效，遠遠不及斬殺惡鬼那樣簡單有效。」

「可是斬殺永遠解決不了問題根源，我相信閻羅王大人也是深明此點，才會讓祢我的計畫試行。不讓任何一隻鬼魂有理由變成惡鬼，讓惡鬼改過自身化解怨氣，也是閻羅王大人一直以來想做的事，只是壓力就來到我們這邊了。」

儘管陰律司這麼安撫著查察司，查察司仍舊沒有信心，要是連那一人一鬼皆是同魂的組合做不出成績，再擴大編製增加人手也未必能見成效。

「猶記得初見罰惡司之時，祂雖嫉惡如仇，尚有惻隱之心，許是見太多光怪陸離的人心險惡，才會變成現在這樣。」查察司再度嘆了口氣。

「如人上山，各自努力。」陰律司說罷，拂袖而去。

偌大的地方只剩查察司，卸下了防備，也不再掩飾自己的愁眉苦臉。

即使陰律司一向被視爲是閻羅王的第二把交椅，但近年罰惡司的聲勢也節節上升，已經慢慢能威脅到陰律司的地位。要是查察司有做得不夠好的地方，很可能就會連累扶持祂的陰律司。

查察司的憂心不無道理，南朵延和任昭廷若能齊心協力，便可發揮一加一大於二的效果，反之，只會是一盤散沙……

在任昭廷獨自前往地府時，南朵延還留在醫院。確定錢仁鎬安全無礙，他的父母也會折返醫院後，她才抱著白虎踏出醫院大門。

手上握住的手機螢幕亮起來，是陳馥萱傳過來的訊息，「快到了，在等紅綠燈。」

南朵延笑了笑，把白虎放下來，讓他自己走路，滿心歡喜地開始思考待會要吃什麼。

「白虎啊，你說吃串烤好不好？她會怕吃完之後衣服沾味道嗎？還是吃炸雞？可是這麼晚吃炸雞爆炸肥耶……」她緩緩走在車道旁的人行道，用手機查看地圖上還在營業的店家，滿腦子都是各種美食，沒有察覺一輛計程車正朝她高速行駛。

「姐姐！」白虎首先發現不妥，叫喊時已經來不及了。

白虎奮力跳躍把南朵延推開，計程車直直撞上白虎，再直衝了一小段路。砰的一聲，伴隨著金屬刮擦的聲音，車子撞到欄杆才停了下來。

計程車撞上白虎的時候，跌在一旁的南朵延看見白虎身上有像猛虎一樣輪廓的光芒閃現……是福德正神烙下的神識嗎？

「白虎！」南朵延急忙爬起來，跑到白虎身旁把他緊緊抱在懷中。

然而白虎沒有回應，就好像變回原來的公仔一樣，只是變髒了，小腳也破損了一處。

「你還在嗎？沒事的話就應聲啊！」南朵延沒有看到林正雄的鬼魂飄出來，也不確定對方還在不在公仔身上。

任昭延明明說過，就算白虎被車撞也不會出事，怎麼真的撞了卻一動不動，連話都不回應呢？南朵延很著急。

騎著重型機車的陳馥萱在遠處看到這驚險的一幕，馬上催油門趕來南朵延身旁，連安全帽也是邊跑邊脫，然後隨便甩在地上。

「妳還好嗎？有受傷嗎？」陳馥萱緊張地執起南朵延的手想要察看。

可南朵延只是緊緊抱著白虎一言不發，陳馥萱難以檢查她的傷勢。

不遠處嘎吱聲作響，計程車車門被強行打開，刮擦著地面形成刺耳的聲音。

「啊——」計程車司機艱難地從駕駛座爬出來，回頭看向南朵延，「對不起啊，我沒有看到妳，我以為我開在馬路上啊……」

這裡離醫院大門不遠，陳馥萱與南朵延的背後是屬於醫院的草皮，空氣裡有一絲雨後的青草味。在她們的斜前方便是醫院大門，似乎有人影在大門前探頭察看情況，附近僅有幾盞街燈，環境昏暗，深夜時分亦沒有路人經過。

環視一周之後，陳馥萱把目光投向司機，他額頭應該有傷口正在出血，血流滿面的樣子有點可怕。

「我真的沒看到妳，我好好開在馬路上的啊……怎麼會這樣……」司機的聲音沙啞得很。

此外，他的身上似乎還帶有一股烤焦般的難聞氣味。看著司機垂著肩膀，搖搖晃晃地走向南朵延想要賠罪，陳馥萱直皺眉頭，下意識伸出右手想把南朵延護在身後。

司機在陳馥萱眼中非常可疑，撇開臉上的血不談，對方的臉色慘白得恐怖，那濃重的黑眼圈遠遠就能看見，彷彿幾天幾夜沒闔眼一樣，說是活人更像活屍，莫名讓人感到毛骨悚然。

如果當時南朵延也在計程車上，她就會看到曹嫚汝在後座，用雙手遮擋住司機的雙眼，製造交通事故就發生在馬路上的錯覺。

「真的對不起……」司機已經來到南朵延跟前。

擔心著白虎情況的南朵延只注視著懷裡沒有生氣的公仔，煩躁地說了句：「有事的不是我，不要跟我道歉。」然而白虎早已是鬼魂，她無法代表他追究別人撞到不「存活」的事物。

「我好像只是叫你們把錢仁鎬找回來而已?」

聽到曹嫚汝的聲音，南朵延才終於抬起頭，只見一道紫綠色的霧團快速進入司機體內，電光火石之間，司機從口袋掏出美工刀向南朵延的脖子劃去。

怔住的南朵延被陳馥萱反射性地用手往後推了一步——

幸虧陳馥萱反應夠快，又有功夫底子，轉身側踢，踢得司機的手往後擺了一個大弧度，美工刀也脫離司機的掌控掉在一旁，只不過南朵延仍被刀片割傷了靠近下頷骨的位置。

陳馥萱將南朵延拉往自己身後緩緩後退，腳踩在草皮上軟軟的，不太好施力，同時眼睛死死盯著計程車司機，怕有第二次攻擊。

「都是你們多管閒事，才讓我變成一個人……」分明是司機的嘴巴在張闔，可誰都知道說話的不是司機本人，他的眼睛突然瞪得老大，猛地就往陳馥萱和南朵延二人撲去。

陳馥萱咬咬牙，拚命抵擋，不落跑也不退一步。本來以陳馥萱的功夫底子，要應對一個完全沒學過武術的普通男人，理應沒有問題，但此時的司機變得孔武有力，有著遠超一般男性的力量，而且還要分心護著身後的人，手腳實在施展不開。

「我會殺了他！誰救過他，誰就得死！」

「他」是誰？陳馥萱不知道，她只知道對方勢頭太猛，對打了幾下，自己馬上就落入下風，幾乎只有格擋的分，難以反擊。

在他們附近的空中出現一個圓形，任昭廷匆匆步出，眼前的畫面讓他想起曾經某個時候，田靜也像陳馥萱一樣，擋在孩子身前，勇敢地對抗村裡的臭流氓。

沒時間回憶過去了，任昭廷立刻掏出幾張剪成人型的黃紙，低念一句再吩咐道：

「速報夜遊神，有惡鬼作亂，去！」小紙人馬上奔跑起來，消失在空氣之中。

接著任昭廷倉促地做了一串結印手勢，深吸了一口氣，往司機衝過去，「退！」跳起飛踢司機，然後穿透司機的身軀跌在地上。

曹嫚汝僅有一瞬間脫離司機的身軀，又重新附在司機身上，再次往陳馥萱撲去。

陳馥萱因看到任昭廷而分了神，一個踉蹌倒地，劇痛竄過臉頰，生理性淚水瞬間把視野弄得一片模糊，才意識到自己被曹嫚汝的拳頭擊中。

南朵延尖叫出聲，連忙要扶起陳馥萱，但曹嫚汝又要來襲——任昭廷想要馬上把南朵延推開，未料竟附身於她身上。

如果擁有天眼，便能看到任昭廷和南朵延同在一個軀體之中，靈魂似要融合卻又排斥，但已是他們魂魄最齊全的瞬間。

「退！」聲音從南朵延口中喊中，任昭廷的聲音彷彿也響在耳邊。

南朵延往曹嫚汝的腹部用力一踹，在用力的剎那間，任昭廷當即與她分離，直往曹嫚汝身上彈去。

曹嫚汝閃身避開，未曾想到他們還能有這樣一招，愕然不到一秒，又轉身想要攻擊南朵延，可在出拳之時，右腳被任昭廷死命拉住，導致力不從心。

陳馥萱趁曹嫚汝不備，左手擋住司機的拳頭，右手肘擊掃中司機的下顎，再猛力踢向他的膝關節，司機隨即腳軟跪倒在地上。

不是錯覺，有一瞬間，任昭廷分明看到了田靜與陳馥萱的身影完全重疊，如同看透她靈魂似的。

「機不可失，快！」陳馥萱大聲吶喊。

任昭廷回過神來，快速畫了道符打進司機體內，又騎在司機身上，伸手要抓出曹嫚汝，「退！」

符咒見效，從司機口中發出的嘶吼聲夾雜著曹嫚汝淒厲的聲音，曹嫚汝全身灼熱難耐，無法再賴在司機身上不走。

一道紫綠色的雲霧從司機身上飄出，任昭廷雖把曹嫚汝從司機身上驅離，手卻抓了個空，沒成功抓住她。

曹嫚汝氣勢太強，僅是殘魂的任昭廷神通沒有全部恢復，只能眼睜睜看著曹嫚汝消失在眼前，離開之前還放話：「我會回來的！」

任昭廷不自覺攥緊了雙手，氣自己沒法把曹嫚汝繩之以法。

惡鬼已走，司機癱軟在地上像是昏迷了一樣。

任昭廷瞥了一眼，那司機的印堂黑得可與墨汁相比，大概是時運太低才會被曹嫚汝附身利用。他默默畫了一道符再次打進司機體內，穩定住原有的魂魄。

「流血了……」陳馥萱急忙俯身去看南朵延的傷勢，「痛嗎？」環境昏暗，她難以判斷傷口的深淺，只好掏出衛生紙先替南朵延按壓住傷口。

南朵延搖搖頭，心有餘悸，抱著白虎的手也是顫抖的。

任昭廷看著南朵延沒有大礙，扭頭看向陳馥萱，「妳呢，有沒有傷到哪裡？」不需要三世書，任昭廷幾乎可以確定陳馥萱便是田靜的轉世。

「我沒——」

沒等陳馥萱說完，任昭廷便執起她的手，擅作主張挽起了她的衣袖，見她嘴角紅腫，眉頭緊皺顯得憂心忡忡，「都瘀青了……牙齒沒有受傷吧？那一拳會痛嗎？」

「不會，皮外傷而已。」陳馥萱抿抿嘴，不經意地把手抽出來，她不認為一點瘀青比南朵延的流血掛彩還更嚴重。

「白虎……看看白虎，他、他都不動了……」南朵延說著便哽咽起來。

任昭廷伸出手掌輕輕按在白虎的額中心好幾秒，「沒事的，只是魂魄受驚了，我待會找福德正神替他收驚。」

也許是撞車與打鬥的動靜太大，即使是深夜也驚動到醫院裡頭的人，醫護人員很快趕來急救。

見南朵延放心不下，任昭廷又說：「白虎沒事，妳先去治療傷口。」

「我們走吧，待會多半還得進行筆錄，先去止血。」陳馥萱說著又掏出新的衛生紙覆蓋在南朵延的傷口上。

所幸只是一點小傷，急診室的醫生替南朵延和陳馥萱簡單治療過後，開出了驗傷報告。

筆錄很簡單順利，警察沒有為難兩位女生，陳馥萱甚至在過程中打聽到，醫院建築物外的監視器不多，大概沒有完整拍下事發經過。不過有人證看到是司機主動往二人撲去，所以應該不會有太多麻煩的後續事情要跟進。

二人都完成筆錄了，計程車司機才躺在病床上被醫護人員從急診室推出來，似乎是要轉送至別的病房留院觀察。

「沒事吧？妳們一定很害怕。」其中一名護理師認出二人，主動上前，「那人還沒醒來，目前還不清楚他怎麼了，要等抽血化驗結果。不過妳很厲害，他膝蓋骨應該斷裂了。」看向陳馥萱的眼神充滿了讚許。

「謝謝。」陳馥萱有點不好意思，待護理師離開後才把南朵延拉到急診室擺有一排塑膠椅子的一角坐下。

原本多話的南朵延除了在筆錄的時候，自始至終沒開口說話，只是沉默地抱著同樣安靜的白虎。

跟在二人後頭的任昭廷不知所措，視線反覆在二人身上來回。

片刻以後，南朵延目光空洞盯著前方緩緩地開口：「是我們多管閒事了嗎？」好像只要她想爲別人多做一些什麼，就總會出錯，從前替小孩仗義執言，結果反被家長罵到臭頭，現在好心接下委託，救活了一個人，卻差點被殺死。

「不是，妳不要這樣想。」任昭廷試著安慰卻找不到合適的語言。

「曹嫚汝會下地獄的吧？」南朵延的視線終於對焦，看著任昭廷。

任昭廷下意識舔了舔嘴唇，「她會不會受到懲處，是由陰律司判決，罰惡司量刑。我能做到的，就是努力把她抓住，然後送她去接受審判。」

「以後我能不能也說，審判是地府做的事，我能做到的是送她去死？」毫無語調的句子，不像南朵延一貫的語氣。

「不要造口業。」任昭廷還想說些什麼，咬咬嘴唇沒說出來。

「好人眞的會有好報嗎……」南朵延垂頭看著白虎，情緒十分低落。

「會的，功過都記在生命中。」任昭廷扭頭瞥見錢仁鎬的爸爸舉著手機經過門口，依稀聽到說話內容，心中感到不妥，「我去看看錢仁鎬的狀況，妳們別亂走。」轉身離開之前，深深看了眼正在安慰南朵延的陳馥萱。

第十七章

南朵延看到了任昭廷離開之前的眼神。作爲另一半的自己，雖然也關心她的安危，但他似乎更在意她身邊的陳馥萱。

難道任昭廷的執念跟陳馥萱有關嗎？南朵延眼下沒心思細想，默然看著懷中的白虎，都是她害的……沒有自保能力，總是連累身邊的人，無論是以前被鬼纏拖累家人，還是現在惹到惡鬼仍要別人犧牲來救援。

南朵延很自責，自己面對生死一瞬間的時候，完全沒辦法反應過來應對，只會擔驚受怕，眞沒用。

「朵延吶，想吃什麼？」得不到回應的陳馥萱索性彎腰探頭，強行讓南朵延看著她。

南朵延顯然被突然出現在眼前的臉嚇了一跳，抬頭往後的時候，咚的一聲撞到了牆壁，吃痛地摸著無辜的後腦勺。

「是不是很痛？有腫起來嗎？」陳馥萱急忙伸手去摸南朵延的頭。

「沒事，不痛。」南朵延躲開她的觸碰，明明就痛得齜牙咧嘴。

陳馥萱輕輕嘆了口氣，「任大哥不是說白虎沒事嗎？不用太擔心。」

「妳什麼時候跟那傢伙那麼熟了，還叫他大哥。」南朵延撇撇嘴，原本就情緒低落，現在似乎更低落了幾分。

「也沒有很熟，只是人家比我們年長那麼多，喊一聲『大哥』只是禮貌的表現吧。」

「那你叫他大爺好了，他有夠老的。」

陳馥萱沒忍住，噗哧笑了出來，「妳高興的話，叫什麼都好。」輕輕摸了摸南朵延的頭，像是哄孩子般再次探問：「眞的不吃嗎？妳不是說還沒吃晚餐？」

南朵延搖搖頭，嘀咕著：「要是留疤了、破相了怎麼辦？本來就不漂亮了……」

「這個位置，又不用縫合的話，只要小心護理應該沒問題。」陳馥萱歪著頭打量，「而且，妳本來就很漂亮啊，就算現在貼著紗布也很漂亮。」

「哪有……白虎都叫妳『漂亮姐姐』，叫我只是『姐姐』……」南朵延才不信陳馥萱的客套話，童言無忌才是最眞實的。

「眞的，妳比子瑜更好看呢！」陳馥萱特別用上誇張的語氣。

「妳這樣說子瑜的粉絲會生氣。」

「那比妳炫廷歐膩更好看？」

「換我會生氣。」南朵延話畢，表情凝滯了一下，陳馥萱怎麼會知道炫廷歐膩？自己明明沒提及過，只給她看過團體照而已。

「可怎麼辦呢？妳連生氣也很好看耶。」陳馥萱故作懊惱，終於引得南朵延不經意地勾起嘴角，「請克制一點，不要持續散發可愛，這樣我得去樓上掛號心臟內科了。」

「掛號門診要在大廳辦理好嗎？」南朵延搖著頭，無奈地笑了起來。

「終於笑了？」

「妳從哪裡學來的啊？油膩死了。」

「跟粉絲學的啊。」陳馥萱一臉得意，「我看他們都是這樣跟偶像說話。」

「別亂學了，眞是的……」

「可是妳喜歡啊。」陳馥萱語氣理所當然。

南朵延抿抿嘴，不自覺地別過頭，閃開陳馥萱過分灼熱的目光，她喜不喜歡很重要嗎？需要特別爲了她而研究不熟悉的事物嗎？她莫名又想起任昭廷關心陳馥萱傷勢的那一幕。

「我問妳喔，妳之前認識任昭廷那傢伙嗎？見過他嗎？」南朵延故作不經意地問。

「應該沒有吧。」陳馥萱疑惑地蹙起眉，「怎麼了？」

南朵延搖搖頭。沒有怎麼了，只是突然之間，意識到心裡累積了很多愧疚，對所有愛她、關心她的人、替她受罪的人，懷著滿滿的愧疚。

「我突然想到一件事！」南朵延猛地抬頭，「我見過那個司機。」

在她們對話的同一時間，錢仁鎬所在的病房門外異常「熱鬧」。

夜深了，除了醫護人員，還有被吵醒的隔壁房病人出來看熱鬧。當然，也吸引了一些小鬼注意，只是小鬼們看到任昭廷都紛紛退讓。

「對不起……是我錯了，我不該食言，對不起……真的對不起……」

只要站在病房門外，就能聽到錢仁鎬不住地道歉，旁人勸阻也沒有用。

任昭廷穿過醫護人員，來到了錢仁鎬身旁。

錢仁鎬蹲在牆角，雙手抱著頭，雖沒有性命危險，但顯然受到了驚嚇，與先前還能開玩笑的樣子簡直是天壤之別。

「是我對不起妳，嫚汝，不要再來找我了好嗎……對不起……不要來找我了！」

錢仁鎬最後一句吼得聲嘶力竭。他的媽媽也蹲在他身旁，試著擁抱安撫。

任昭廷餘光瞥見床底下的平安符，事情有了些許眉目，不過他還要確定一下心裡的想法是否正確。

往外頭圍觀的群眾看去，任昭廷下一秒便出現在其中一隻小鬼眼前。

「大人饒命！」小鬼一見任昭廷靠近，連忙跪下來求情，就怕會被斬殺。

一般會在醫院內部徘徊的小鬼，除了剛死和心有不甘的鬼魂，還有部分是生前作了些小惡，無法投胎成人的鬼魂。

這些鬼魂想要逃避來世變成畜牲或其他動物的命運，便會來到醫院等待和尋找，甚至搶奪其他鬼魂原有的投胎機會，或者取代因故未能完成投胎的鬼魂位置。也因此，這些小鬼特別害怕從地府來的神職和神明。

「不是要殺你。」任昭廷微微抬起下巴，頗有威嚴的模樣，「我要你如實告訴我，這裡剛才發生什麼事了？」

「剛、剛才有個很可怕的女人來找病房裡的人……」小鬼依然跪在地上，不敢直視任昭廷。

「說清楚，是人還是鬼？她做了什麼，爲什麼那個病人現在會變成這樣？」

「是鬼，是女鬼……她……我也沒看清楚，她散發出來的氣場太可怕了，她、她完全是惡鬼呀！誰敢靠近她啊？」小鬼渾身顫抖，聲音哆嗦，不知道是回想起來仍舊感到畏懼，還是害怕眼前的任昭廷，「但是不知道爲什麼，她好像想要進去病房，卻一直在門外沒有進去……我沒看到她的臉，不過不用看都想像得出來一定很恐怖，不然那個人不會嚇成這樣。」

絕對是曹嫚汝。任昭廷輕輕擺手，示意小鬼離開，折返回到錢仁鎬身旁，伸出手掌按住他的胸口，低念一句咒語。

錢仁鎬似是累了般，慢慢停下來，緩緩睡去，醫護人員趁機把他搬回病床上，再替他注入鎮定劑。

看來醫院方面也會去查錢仁鎬發生了什麼，任昭廷撿起平安符，環視一圈，病房顧及病人隱私，沒有安裝監視設備。他又回到走廊，圍觀的人和鬼都已經散去，走廊也僅有一個監視器的角度可能拍到這個病房的情況，這樣至少院方應該不會懷疑是南朵延害錢仁鎬出問題，想及此處他才安心一些。

確定一切沒有問題後，任昭廷立刻與南朵延會合。

「妳的平安符救了錢仁鎬一命。」任昭廷向南朵延遞上平安符。

南朵延早已習慣了任昭廷的突然出現，而陳馥萱看著他神出鬼沒，還是覺得很神奇。

南朵延的臉上充滿疑問，伸手摸了摸口袋，才發現自己的平安符眞的丟了。

「在病床下撿到的，妳要收好。」任昭廷揚了揚平安符。

南朵延才反應過來收下，「錢仁鎬又怎麼了嗎？剛剛我離開的時候還好好的，他還答應我會好好珍惜生命。」

「曹嫚汝應該現身找過他，不過礙於平安符，沒辦法靠近，只能嚇唬他。」

聞言，南朵延瞪大了雙眼，「那錢仁鎬現在不就很危險？你把平安符還給我，他怎麼辦？快拿回去給他護身！」急忙把平安符遞還。

「妳要先顧好自己，才能顧及別人。」任昭廷退開了一步，沒有要接過平安符的打算，「我離開前放了些小紙人鎭守，待會也會請福德正神幫忙照應一下。」

「福德正神怎麼沒有出現？祂不會像你一樣感應到我有危險嗎？」南朵延還以為福德正神比較可靠，結果他們跟惡鬼打了一架，連根福德正神的頭髮都沒看見。

「我能快速感應到妳有危險，那是因為我跟妳是同一——」顧及陳馥萱在場，任昭廷話說到嘴邊又收回來，「眾生之所以是『眾』，乃因人多，何況這附近沒有福德正神的分靈，祂業務繁重，要照顧的人太多又相隔太遠，感應不到是正常的。但祂給妳和白虎的守護還是有效的，所以平安符妳得收好。」

任昭廷向南朵延身旁的陳馥萱打眼色，陳馥萱馬上會意，「對呀，妳先把平安符收好，先保護好自己，不要擔心別人太多。」

「知道了，我不出意外就當作是幫忙了。」南朵延沒精打采地把平安符重新收進口袋。

「我不是這個意思……」陳馥萱想安慰但無從說起，只好試著扯開話題，「對了，朵延說見過那個司機。」

感覺到兩道視線，南朵延輕輕點頭，「我在新聞裡見過，曹嫚汝和錢仁鎬殉情的新聞，那個司機被媒體訪問了，因為他是第一發現人，是他報的警。」

任昭廷聞言瞇起了眼睛，「所以她不是隨便找個時運低的人附身，而是故意為之。不只錢仁鎬和我們，連曾經直接或間接救過錢仁鎬的人，都是曹嫚汝想要復仇的對象，瘋了……」

「她還是人的時候就是個瘋子，不屑跟太弱小、太乖巧的人在一起，習慣出張嘴就把人玩弄於股掌中。錢仁鎬那傻瓜，看人家漂亮、身材好又有個性就迷上，為了追到她，幹過不少傻事。」南朵延用鼻子吭氣，討厭像曹嫚汝那樣為所欲為、自私自利的人。

「名副其實的恐怖情人……」曾見任昭廷好像在想事情，陳馥萱問：「任大哥在想什麼嗎？」

任昭廷的確在想事情，而且越想越覺得當中有古怪。

明明曹嫚汝上門來找他們的時候一點怨氣都看不到，現在的曹嫚汝卻散發一圈深紫綠色的霧團。怨恨不是一時之果，自殺而死本就帶有怨氣，除非有高手暫時掩飾曹嫚汝的怨氣，不然不可能這樣。

而且，派出去的小紙人一個都沒有回來，是中途被攔截了，還是派送指令後被消滅了？以曹嫚汝的怨氣，即使夜遊神不出現，在附近的鬼差也應該感應得到，理應在任昭廷趕來之前到達並抓鬼才是。

然而直到曹嫚汝離去，鬼差也遲遲未現身，實在太不尋常。

斟酌了一下，任昭廷才回答：「曹嫚汝背後可能有高手助她一臂之力，怨念不可能在短時間生成，中壇元帥也以惡鬼稱呼她，但在此之前我們都看不出來她有怨念，還一心以為她是想要把錢仁鎬救回來。」

「還有呢？」南朵延看出他的欲言又止。

任昭廷猶豫再三，還是決定如實相告：「醫院附近居然沒有鬼差，被我派去傳話要找夜遊神的小紙人沒一個回來，夜遊神當然也沒有來。」

「對喔，醫院是生離死別的集中地，怎麼可能沒有鬼差？」南朵延也皺起眉頭。

「請問夜遊神是？」沒有人向陳馥萱詳細解釋過地府的事，她比南朵延更一知半解。

「跟黑白無常一樣是十大陰帥，夜晚會在人間巡邏，遊蕩的鬼魂都歸祂管理，若是晝日，負責的便是日遊神，合稱日夜遊神，輪流監督人間的善惡。」任昭廷簡單說明。

南朵延想了想，「錢仁鎬家裡有擺陣擋鬼，會不會是因為曹嫚汝？如果曹嫚汝背後的人是厲害的高手，從中作梗想要替曹嫚汝完成心願，是有可能發生的嗎？人有辦法攔截你的小紙人，讓鬼差暫時不會來醫院嗎？」

「確實有這個可能。攔截小紙人不難，至於鬼差方面……人當然無法跟神職正面對著幹，卻也可以用別的方法誘導鬼差去別的地方。」

「或許有人在調虎離山。」陳馥萱替他們的討論下了總結。

「不排除有神明參與其中，總之，我會徹查此事。」任昭廷與南朵延對看了一眼，「我先送妳回家，妳家附近有福德正神的分靈，讓祂幫白虎收驚。」

第十八章

一個星期過去，一切好像都回到正軌，白虎又生龍活虎般到處跑，這幾天還多了個學習蜘蛛爬牆的興趣。

剛恢復元氣的那天他就偷跑出去跟小貓玩，還想要把小貓帶進家門，結果被南朵延抓個正著，現在每天都盼著陳馥萱來陪他一起玩。

看著自己小腳上布質不一樣、陳馥萱親手縫補的超人圖案的補丁，白虎表示非常滿意，想著前幾天的回憶。

「白虎眞的很棒，像超人一樣救了朵延，這是光榮的印記呢。」陳馥萱把線頭剪掉，縫紉工作大功告成。

「乖寶寶印章？」

「是英雄的印章。」

「哇嗚——我要當蜘蛛人！」

南朵延抬頭又瞥見白虎趴在牆上，無奈但不想打破小孩子的夢想世界，便假裝沒看到，重新把視線聚焦在電腦螢幕上。

「漂亮姐姐今天會來嗎？」白虎跳上書桌，探頭遮擋南朵延的視線。

「她前天不是才來過嗎？」南朵延撇撇嘴，一手把白虎撥開，「你下次直接跟她回家吧，別待在這裡了，這裡沒有漂亮的人。」

「姐姐吃醋了嗎？」白虎得意地笑起來，撐著腰挺起胸膛像在跟南朵延示威。

南朵延瞇起眼回了個皮笑肉不笑的表情，和善地否認：「並沒有。」下一秒伸出雙手揉白虎的臉，「因爲馥萱說我比你更可愛。」

「嗚——可惡！」吃癟的白虎連忙掙脫，夾著短短的尾巴往客廳逃。

對白虎來說，南朵延就是隻脾氣很壞的貓咪，有漂亮姐姐在，南朵延才不會那麼容易炸毛生氣。

那天福德正神不只幫白虎收驚，還給了南朵延一塊勾玉，經陳馥萱巧手稍微加工之後，便一直戴在南朵延的脖子上。

不知道是否神明加持發揮作用，這幾天南朵延出入平安，沒遇上怪事，據任昭廷說，錢仁鎬也已經穩定下來，只差還沒抓到曹嫚汝。

南朵延左手托著臉頰，撐起沉沉的腦袋，幽幽地看著白虎奔跑的背影，像陳馥萱那樣性格好、開朗又優秀的人，去哪裡一定都很受歡迎吧？白虎喜歡她，任昭廷也喜歡她。

扭頭看著螢幕上的電子郵箱畫面，之前寄出的履歷表有回音了呢，她收到了串流媒體公司的面試通知。如果確認出席面試的話，要回覆郵件，可是她雙手放在鍵盤上，遲遲未有動作。

猶豫不決了十數分數，只是呆呆地看著螢幕，直到螢幕保護程式自動開啓，螢幕變成了一片黑，南朵延才伸手動了動滑鼠，在回覆內容裡輸入婉拒面試的回應。按下「寄出」之後，她終於吁了口氣。

南朵延把電腦關機，試圖不再想獲得新工作的事，朝客廳方向問：「任昭廷那傢伙還沒回來嗎？」

下一秒，物品跌落的聲音從客廳傳來，任昭廷的傳送定位似乎有些微出錯，他居然落在了中島上。

南朵延看著任昭廷單膝跪在中島上，宛如英雄電影中英雄從高處落地的姿勢，顯得十分滑稽。

「欸，那是我最喜歡的地方，你給我下來！」南朵延邊說邊撿起被任昭廷弄倒在地上的飲料沖泡包和燕麥片，「下次沒看清楚狀況之前請不要以實體著地。」

任昭廷撓撓頭，有點尷尬地跳到地上。

把東西重新放回中島，南朵延抿抿嘴，盯著任昭廷看，欲言又止。

「有事要跟我說？」任昭廷主動問。

「那個……」南朵延扭扭捏捏，別過頭低聲說：「對不起，雖然還是沒搞懂要功德値幹麼，不過我不會再去找工作了，我會好好經營死鬼萬事屋。」

「嗯？」突如其來的自我反省？任昭廷愣了愣，面有難色。所以南朵延找過工作了嗎……但是拒絕了？怎麼辦呢，剛去地府一趟，他收到不太好的消息，頓時不知道該如何面對忽然下了決心的南朵延。

上一次是任昭廷自作主張去地府，這次卻是被查察司召回地府。

地府一如往常鬼滿爲患，新一輪志願差役的召募剛開始，就排了長長的隊伍，有許多是犯過小錯的小鬼想要將功補過，換一個不必投胎到畜牲道的機會。

「擴大編制也不是壞事。」雖然這麼說，但平日和顏悅色的查察司露出憂心的神色，「只是容易失去牽制。」

新召來的差役會歸到罰惡司和賞善司旗下納入管理，且納入罰惡司麾下者眾，某程度上算是間接削弱了陰律司的勢力。

「如果能讓地府和人間變得更和平，或許不是太糟。」任昭廷並不想參與勢力之間的角力，卻也知道難以避免。

「閻羅王大人已經收到報告了。」查察司不動聲色地瞥了一眼，「上次任務使兩個凡人受傷。」指的是計程車司機與陳馥萱。

「此事乃因惡鬼曹嫚汝而起，還請大人們明察！」任昭廷差點就要跪下。

查察司抬手制止，「現在不是古代也不是民初了，別動不動下跪。你懂的事，我們都懂，但有心人要做文章也非困難事。」

「可是大人不覺得奇怪嗎？夜遊神沒有被問責嗎？」任昭廷不解，怎麼算也要先算夜遊神失職的帳，才該算到他頭上。

「當時醫院附近的鬼魂在爭奪投胎席位，後來演變成騷亂，有的是鬼差不足的理由。」

「大人會認爲曹嫚汝背後有高人指點嗎？」見查察司不回應，任昭廷又探問道：「還是罰惡司？」

「隔牆有耳。」查察司頓了頓，意有所指，「剩下給你和南朵延爭取表現的時間不多了，你有信心在幾個月內做出成績嗎？」

「只有我們幾個，恐怕……」不是恐怕，任昭廷心裡覺得根本不可能逆轉。

「至少也要做出口碑啊。」查察司揮一揮手，許多張神職人員的大頭照包圍他們緩緩轉動，「閻羅王大人想辦優質服務評分制，票選出優秀的執行者並淘汰不適任的，也許下個月開始，地府就會進行票選。」

查察司指了指，任昭廷的樣貌在眾多照片中被放大顯示。

「我也是其中之一？」任昭廷在此前從未聽聞過這事。

「沒有誰會希望一方獨大，善惡有時是互相制衡的。」查察司拍了拍任昭廷的肩膀，「在民意面前，有時神明也很渺小，民心所歸是站穩腳步的根基，站穩了才能好好向前走……所以你需要先得到民心。」

「單憑我們幾個，我——」

查察司擺擺食指打斷任昭廷，「別還沒上陣就先輸士氣，你忘了你們幫助的第一隻鬼嗎？」

「A片——啊不是，唐懷勇？可是那次其實我們沒有幫上忙……」

「或許死鬼萬事屋之後生意會很好呢，他在這裡可謂混得風生水起。」

查察司揮一揮手，畫面變成唐懷勇領著團隊在地府巡遊的片段，只見他與團隊的鬼魂邊派發傳單，邊讚賞死鬼萬事屋的事蹟，還鼓勵鬼魂們多做好事累積功德，去換了結心願的機會，就像選舉拜票的洗街式宣傳。

「我都差點忘記他曾經是議員辦事處的人了……」任昭廷才想起，唐懷勇還是新鬼一名時，便敢在地府領頭抗議，頗有幾分膽識。

「總之，小心謹慎，別再波及凡人，亦不可懷憂喪志。這幾個月好好累積名聲吧，不然他再努力，項目宣告失敗的話，也留不住死鬼萬事屋。」

於是壓力來到任昭廷頭上，如果這幾個月做不出好成績，現在決心要努力經營的南朵延就得重新找新工作了吧？而且若是沒有死鬼萬事屋，任昭廷該如何更快速累積功德來補他執念造成的過失呢？他要是不在南朵延身旁，作爲魂魄不全的轉世，南朵延能平穩活到該有的陽壽嗎？

看著眼前難得向他低頭的南朵延，任昭廷只輕輕說了句：「這個月要努力啊。」

南朵延用力點頭，並不曉得任昭廷的擔憂。

才說完要努力，死鬼萬事屋的專屬鈴聲便響起來——

然而聽完鬼魂提出的任務，任昭廷罕見地搖頭婉拒，連南朵延都感到驚訝。

「陳先生，這個……」

「是程，工程師的程，程耀基。」看上去已過古稀之年的程耀基，儘管走路一拐一拐的，但說話時腰板挺直，非常有中氣。

「抱歉，程——先生。」任昭廷特別強調「程」的發音咬字，「恕我們不能接受你的委託。雖說附身也無不可，不過你看這丫頭的小身板，別說你用她的身體跑馬拉松，她就算能跑完半馬，心臟也會先負荷不來，畢竟長跑不同於短跑。雖然賽事仍開放報名，但現在離比賽只有不到兩星期時間，訓練也來不及。」

「我只求完賽，不需要好成績。」程耀基看了眼南朵延，「不然，半馬也行？」

「我應該可以試試？」南朵延少有地沒有推卻。

「妳知道半馬要跑多長距離嗎？」見南朵延一臉呆滯，任昭廷就知道她低估了難度，「大約是二十一公里，二萬一千公尺，相當於五十二點七圈標準田徑跑道。」

「你是說……要跑快五十三個運動場？」南朵延倒抽了一口涼氣，「我大二的時候跑過三千公尺……或許還是可——」

「不可以。」任昭廷果斷拒絕。

程耀基緊皺著眉頭，跛著腳在小小的客廳裡來回踱步。

「欸，你不是說鬼魂可以重置到初始設定嗎？」南朵延盯著程耀基的腳。

「理論上是，實際上也應該恢復到原來的模樣了。」任昭廷也不曉得爲什麼。

「習慣了，都這樣幾十年了，要正常走路反而要練習。」程耀基停下腳步苦笑，「小兒痲痺症啊，治好了可萎縮的肌肉回不來了。你們能想像嗎？我在患病之前可是個長跑好手，差點能入選東京奧運代表團那種。」

南朵延默默地掏出手機搜索東京奧運是哪一年舉行的，八卦的白虎爬到她手邊探頭去看，「哇嗚，快六十年前了耶！爺爺好厲害。」

白虎的心算比南朵延還快，果眞是好幾十年前的事了，南朵延下意識就看向任昭廷心直口快地問，「你老還是他老啊？」

雖然已漸漸了解南朵延的個性，知道她是好奇發問並無惡意，任昭廷的表情還是僵了一下，「發問時用字可以謹愼一些，避免讓人覺得妳無禮。」

「對不起……」難得南朵延如此乖巧，居然虛心受教。

「那個年代還沒有疫苗這種東西。不甘心啊，眞的不甘心，我一生最引以爲傲的事，卻被病毒打敗。我就是想堂堂正正地再跑完一場比賽。」程耀基彷彿陷入回憶之中，對他們的話置若罔聞，自顧自繼續說：「你們能懂嗎？盼了一輩子，就盼著一件事的心情。」

任昭廷神色黯然地點點頭，他也盼了一輩子，就盼著下一輩子能跟田靜共結連理。可他連田靜是否已經百年歸老，或者是否轉世成爲陳馥萱都不敢百分百肯定。

南朵延的眼珠轉了轉，打開了比賽的報名頁面，把螢幕轉向任昭廷，手指頭指著十公里的路跑項目。

「你知道十公里多長嗎？」任昭廷沒好氣地說。

「哎呀，你是不是把我當傻子了！」南朵延不滿地撅起小嘴，「十乘一千嘛！二十五圈應該還行。」

程耀基也回過神來，一臉期盼地盯著任昭廷。

以南朵延的年紀來說，如果身體狀況理想，平日又有照課表訓練，平均一小時就能完成十公里的賽事。只是她很明顯缺乏訓練，單憑年輕這一點，要完成比賽可能還需要很強的意志力……任昭廷左思右想，很懷疑南朵延能不能夠做到。

「完賽時間是兩小時，連走帶拖也總能走完吧？」南朵延再次遊說。

「妳缺乏運動，很可能會受傷，而且妳多半會在中途受不了而放棄。」任昭廷始終認爲要南朵延完賽很困難。

「我借身體給他，他能堅持下去，我就能堅持下去。老爺爺都盼了幾十年，這種執著應該很足夠吧？」

任昭廷扶額，還好沒回答南朵延之前關於年齡的提問，不然他也可能會被叫老爺爺，想到就覺得怪彆扭的。

見任昭廷猶豫，南朵延又說：「不然借馥萱的身體來用？她也是我們的一分子啊。」

「不可！」任昭廷怔了下，意識到自己太激動，清了清喉嚨才接著用平緩的口氣說：「不可使用其他凡人的身體，她並不是正規編制之內的人。」

南朵延扯了下嘴角，假裝毫不在乎，垂下頭看著自己的腳尖，心想著任昭廷果然喜歡陳馥萱，她有危險時都不見他那麼激動。

撇開喜不喜歡的問題，事實上任昭廷的確不能讓陳馥萱參與到這個程度，萬一出了差錯，絕對會被趁機揪小辮子，連累查察司就大事不好了。

「那讓她來訓練我總得了吧？她會功夫又常常運動。」

「只要能讓我再跑一次，你要多少功德我都給。」

一人一鬼同時看向任昭廷，連白虎也搭話：「要相信姐姐啊！姐姐也可以很厲害，不相信姐姐也要相信漂亮姐姐啊！」

「最後那句可以不用說。」南朵延推開白虎的臉。

「如果陳馥萱同意監督妳訓練體能的話，那就這樣做吧。」

「好耶！」南朵延笑著歡呼，還跟白虎擊掌。

程耀基感激地抓住任昭廷雙手，「眞的很感謝你！好人有好報！」

任昭廷會讓步，是因爲十公里的確是初學者也能完成的程度，對南朵延來說會很辛苦，但未嘗不可。更重要的是，只剩幾個月時間了，如果做不出成績，死鬼萬事屋便要黯然結業，他也會對不起查察司寄予的厚望。

第十九章

賽前可以訓練的日子不多，南朵延家附近的公園便成了她的訓練場所。

在收到南朵延傳來的訊息以後，陳馥萱很有義氣地接下了教練一職，當天下班後就匆匆趕來幫南朵延制定訓練課表。

「跑十公里的話，通常應該要安排至少四週的訓練，不過只求完賽的話，這點時間還是可以的。」不追求成績，陳馥萱把訓練速度的項目刪除，以提升耐力爲主，「比賽當天，我會陪著妳跑。」

「妳跑過很多次了？」南朵延看著陳馥萱手寫的課表，有模有樣的。

「十公里只跑過一次呢。」見南朵延瞪大了眼睛，陳馥萱滿意地笑了笑，「之後都是跑半馬或者全馬了，不過很可惜，最多只跑到第四名，沒有得獎。」

「好喔……」南朵延倒抽了口涼氣，想過陳馥萱厲害，沒想到都快趕上職業跑手的程度。

「爺爺也不能再跛腳走路了。」陳馥萱扭頭看向任昭廷，「不管你用什麼方法，要替爺爺找回當年跑步的感覺，不然讓他支配朵延的身體還是會出大事。」

不只替南朵延安排了訓練，陳馥萱還點名要求任昭廷督促重新訓練的程耀基，糾正他的跑姿與呼吸——雖然鬼魂並不需要呼吸。

第一個星期的訓練集中在適應路跑環境的無壓力跑步，隔日讓南朵延圍著公園跑半小時，不跑步的時候便監督南朵延做重量訓練，稍微鍛鍊一下她的體格。

第二個星期便要進行比賽，陳馥萱擔當她的配速員，看著時間與速度引領著南朵延。她從只能跑完五公里，進步到賽前能完成八公里的配速跑，只是還差兩公里，時間不夠，只能在比賽場上試驗了。

在公園訓練的時候，白虎也常常跟著一起跑，還發現手腳並用會跑得比兩條腿時更快，就像他本來就該用四條腿跑步似的。

白虎總是跑在南朵延前頭，一臉從容不迫的模樣，氣得南朵延牙癢癢。任昭廷爲白虎施了障眼法，路人再怎麼看，都會以爲是一隻胖胖的白貓領著主人在訓練。

不過比賽當天人太多，任昭廷乾脆抱著白虎一起隱身觀賽。

早在出門之時，任昭廷便施法讓程耀基附身於南朵延，好讓程耀基提前適應有肉身的感覺。

穿著運動裝的南朵延站在起跑處的人群之中，身旁是裝備一看就很專業的陳馥萱。

任昭廷穿透人群來到南朵延身邊，最後提醒：「雖然以程耀基爲主，但妳要記得妳才是身體的主人，只要妳不願意，程耀基也不能操控妳的身體。如果妳眞的感到不適，把掌控權重新拿回來，不要硬撐。」

南朵延只是僵硬地點點頭，即使只要放鬆身體讓程耀基的魂魄跟著陳馥萱就可以，卻仍然莫名緊張，連呼吸都變得急促起來。

「來，喝口水，一口就好。」陳馥萱從腰包掏出軟式水壺遞給南朵延，待她喝了一口，又說：「跟我深呼吸。」

或許南朵延也意識到自己太緊張，本想擠出笑容讓陳馥萱和任昭廷放心，但臉部肌肉繃緊得讓她沒有餘力，只能跟著陳馥萱深呼吸，調整狀態。

「漂亮姐姐加油！」白虎感受到南朵延的視線，立刻笑容可掬地面向南朵延，「姐姐懷挺！」這是他從南朵延那學來的韓式加油句子。

南朵延臉頰氣鼓鼓的，不過總算有了表情。

「欸，看我。」不知道陳馥萱是什麼時候戴上墨鏡的，南朵延一回頭，對方便拿著另一副墨鏡，雙手幫她戴上，「哈，我眼光眞好，很適合妳呢。」

南朵延從陳馥萱的墨鏡倒影中看到自己的臉，「哪裡適合了……」陳馥萱戴著是有型，她戴著像個小朋友偷拿媽媽的墨鏡來玩似的。

陳馥萱抬手理順南朵延耳邊的頭髮，「要對自己有信心呀。」

「要開始了。」任昭廷看向陳馥萱，彼此交換了眼神之後，才退出人群。

恃著有墨鏡掩護，南朵延把目光瞥向陳馥萱，任昭廷讓步批准她參賽，也許只是因爲信任陳馥萱，而不是相信她可以做到。她不禁垂下了頭，大概沒有人相信她可以，連她自己也不例外，被看扁好像是理所當然的事。

「什麼都不要想，放心跟著我，我相信妳做得到。」陳馥萱輕輕拍了拍南朵延的肩，揚起一抹比逆光的太陽更耀眼的笑容。

「妳會讀心術喔……」南朵延嘀咕著，還是深深吸了口氣，抖擻著精神。

體內還有道老年人的渾厚嗓音，「妹妹，我們可以的！我當年可是差點能擠進東京奧運的人啊！」

發令槍一聲令下，前排的跑者開始移動。

重新感受到年輕肉身的體力充沛，程耀基幾度想嘗試提升速度超越陳馥萱，都被陳馥萱輕輕伸手攔阻。

「朵延的肌耐力沒那麼好，想完賽就跟著我的配速。」陳馥萱嚴肅的口吻，讓作爲大前輩的程耀基乖乖聽話。

在路旁抱著白虎觀賽的任昭廷嘴巴抿成一直線，眉頭深鎖地緊迫盯人。

「叔叔！」白虎艱難地想要活動身體，「你不要抱我那麼緊！」

「啊，抱歉。」任昭廷放鬆了懷抱，卻還是愁眉苦臉。

一向只相信事實而不信直覺的他，莫名感到心緒不寧……

烈日下吹起的風夾著陰涼之感，不只人們對大型體育賽事感到興奮，還有想趁機奪舍的鬼魂在附近飄蕩，試圖尋找還魂的機會。

每每有長跑比賽，總會有跑者倒下，那是原生魂魄最虛弱的時候，如果加上原身軀主人正值時運低下的情況，就容易被小鬼趁虛而入。

賽道會經過河濱，十公里比賽的終點附近還有幾棵非常粗大的老榕樹。所謂大樹易招陰，尤其是老樹氣根粗壯的地方，本是匯聚靈氣之地，然而濁氣在那也不容易散開。

即使夾帶地府官威，任昭廷出現在比賽終點站時，小鬼們只是退避三舍，並沒有像醫院裡的小鬼那樣懼怕他。

比賽進行得十分順利，順利得任昭廷都覺得自己的擔心是多餘的。

在陳馥萱的帶領下，南朵延雖然落在幾群主要跑者群之後，卻也漸漸跑進任昭廷的視線範圍。

看著二人終於衝過終點線，白虎興奮得手舞足蹈，差點脫離任昭廷的掌控。

「妹妹，眞的很感謝妳！」完賽以後，程耀基心滿意足離開南朵延的身軀，高興地向南朵延道謝。

南朵延喘得上氣不接下氣，臉色由紅潤變得蒼白，程耀基一離開便剩她本人的意志力在硬撐，完全沒法回應。

見南朵延扶著膝蓋停下，陳馥萱急忙拉著她的手，「再走一下，別馬上停下！」

可是南朵延走不動了，「不行了，好暈……」不只眼前一黑、天旋地轉，腿也軟了，連站著都沒有力氣。

陳馥萱立即執起她的手扛在肩上，攙扶著她，同時慌張地四處張望，尋找任昭廷的身影，「深呼吸！再堅持一下下，一會兒就好了。」

就像是心靈感應一樣，下一秒任昭廷就出現在二人眼前，然而南朵延已經昏過去了。

陳馥萱把南朵延放下，讓她能躺平在地上，摘掉了她的墨鏡，揮手呼喚現場待命的急救人員。

「這……我該重新上去嗎？」程耀基也慌了手腳。

「別！這裡沒你的事。」其他人沒發現，但任昭廷聽到吵雜中有東西碎裂的聲音，定睛一看，頓感不妙，南朵延脖頸掛著的勾玉居然裂開成兩段了。

見陳馥萱退到了一旁，任昭廷便把白虎交到她手上，「不要離南朵延太遠！」

急救人員忙著把南朵延的雙腳墊起，探著她的脈搏。

紫綠色的雲霧包圍著終點線，看樣子就要集中起來，任昭廷連忙畫了道符打進南朵延的身體，大吼：「鎮魂！」

雲霧在他大吼時退開了一些，然而一眨眼又重新往他們靠近。

任昭廷往南朵延瞥了一眼，不好！救護人員正在替她實施心肺復甦，遠方還有小鬼在樹下虎視眈眈。

事出反常必有妖，南朵延不只是重力性休克那麼簡單，是有惡鬼從中作梗，雖沒看到曹嫚汝，但任昭廷第一反應認爲跟她脫不了關係。

「護法！」任昭廷把小紙人撒於空中，小紙人隨即往四周散開，與雲霧較勁。

但小紙人沒頂住多久便在空中炸開，任昭廷只得把自己擋於南朵延身前，又再次往空中撒了一堆小紙人。

南朵延的魂魄本來就不完整，現在似乎還有種力量想要勾走她的魂魄。

作為殘魂的任昭廷身影也閃爍了一下，當即蹲下來一手按住南朵延的天庭，一手以食指和中指指向天上，打出求救訊號。

「何方妖孽意圖作亂人間？」中性且帶著威嚴的嗓音從天上傳來，把部分雲霧震散。

「觀音大士！」

聽到任昭廷的叫喊，陳馥萱和程耀基都往天空看去。

其他人都忙於急救，沒有人發現天空有何異常，此刻的凡人若是抬頭看天，會看到有隻體形頗大的大鳥在空中盤旋。

本來在樹下的小鬼們紛紛走避不敢造次，但紫綠色的雲霧似乎仍想掙扎，不甘於馬上投降。

「退！」觀音大士浮在半空中，一臉和藹可親，聲音卻充滿震懾力。

祂把一朵蓮花扔下，一道光芒順勢而下，原本仍躍躍欲試的紫綠色雲霧立刻消散得無影無蹤。

觀音大士緩緩下降至任昭廷的上方，看了眼倒在地上的南朵延，用淨瓶裡的柳枝沾了點水灑在她身上，「無礙，放心。」

「多謝觀音大士出手相助。」任昭廷不敢掉以輕心，依然維持著半蹲按住南朵延額頭的動作，彆扭地向觀音大士作揖感謝。

觀音大士一身金光閃閃，有種雍容華貴的貴氣，外表比傳聞中年輕得多，可以美豔絕倫來形容，陳馥萱和程耀基，甚至連白虎都看呆了。

瞧見白虎，觀音大士用柳枝輕輕點了下他的頭，「要好好保護人類。」

白虎瞬間感到通體舒暢，連眼神都變得不一樣，相對於之前孩子般的人畜無害，現在變得銳不可當。

「堅持做對的事，不免會遇到些阻攔，無妨。」觀音大士笑了笑，「好久沒與閻羅王聚舊了呢。」說罷便消失於眾人眼前。

眞正的大神都是來去匆匆啊。任昭廷眼珠轉了轉，觀音大士要去找閻羅王……那算是好事還是壞事？

還來不及細想，圍在南朵延身邊的救護人員似乎鬆了口氣——南朵延醒過來了。救護人員拍了拍她的肩膀，「小姐，知道自己在哪嗎？妳叫什麼名字？」

「南朵延……」

聽到南朵延能夠清醒回應，任昭廷長吁了口氣，跌坐在一旁歇息。

「妳做到了，很優秀。」任昭廷向她比了個大拇指，首次給予正式的肯定，「妳比我想像的更努力突破自己，也比我想像中更盡力地說到做到。」甚至比他更勇敢。

「我剛才好像看到自己暈過去了……」南朵延低聲說。

「妳一度離魂了。」見南朵延驚恐地看著自己，任昭廷連忙安慰：「放心，觀音大士給妳鎮魂了，沒事的。」

「這麼大牌？」南朵延驚訝得連瞳孔都震動著，看向陳馥萱想尋求答案。

「什麼大牌？」救護人員聽不到任昭廷的聲音，還以爲南朵延神智不清。

「她是說墨鏡啦！這副墨鏡是大牌子。」陳馥萱笑笑替南朵延圓場。

「舉頭三尺有神明，不畏人知畏己知。只要是有道理的，救苦救難的觀音大士不會拒絕眾生的請託。」任昭廷解釋。

「爲什麼不是媽祖呢？」說完又見救護人員向她投來目光，南朵延只好尷尬地別過頭。

「聽說觀音大士跟閻羅王比較熟，可能是因爲妳算半個地府職員？不過確實沒想到祂的分靈會直接出現在我們眼前，實在三生有幸。」任昭廷摸著下巴想了想，「這世紀以來，我也好像才見過三次。」

以世紀形容？眞的有夠老。南朵延想說話，餘光看到救護人員，又把嘴邊的話吞回去。

雖然已經可以自己行走，但南朵延還是被陳馥萱和另一救護人員扶到一旁的救護站休息。

恢復過來的南朵延掏出手機，查看大會網站的登陸成績，陳馥萱因爲領著她跑、替她配速，只比她快一秒完成比賽。

「這是妳參賽以來最糟糕的成績吧……」南朵延看著她們的名字在落落長的名單中排在中後段，好像讓最佳成績曾經達到第四名的陳馥萱丟臉了。

「不是呢。」陳馥萱摸摸她的頭，「這是最讓我感到光榮的成績。」

心臟突然怦怦地跳，像要跳出胸腔似的，南朵延右手按在胸膛疑惑著，她的心跳不是已恢復正常了嗎？怎麼又亂了。

「哎，我魂魄是不是還沒穩定啊？」

聽見南朵延沒頭沒腦的回應，陳馥萱只是伸手輕輕點了點她的額頭，這個時候只要微笑就可以了。

第二十章

「啊——」南朵延整個人從床上彈起來，手機都被她扔到一旁。

白虎一回頭就看到她從臥房飛奔到客廳，從沒見過這麼靈活的她。

本來正在看繪本的白虎抬頭便發現了牆上的不速之客，「你壞喔，敢嚇唬我姐姐？」放下繪本蓄力一跳，拿下了把南朵延嚇跑的兇手。

「我現在是個可以保護姐姐的白虎了！」白虎悠然地走去客廳，看向南朵延，挺起胸膛一臉自豪。

從陳馥萱口中得知觀音大士好像「點化」了白虎，那天之後，白虎變得穩重許多，不再是看到可愛貓咪便會跟著跑走的白虎了，儘管說話還保留著幾分稚氣與童真。

南朵延見白虎走近，連連後退躲到沙發後，伸手阻止白虎繼續前進，「先把你手上的四腳爬爬丟掉！」

「叔叔說萬物有靈，不可以輕易殺生喔，而且牠是好動物。」白虎一手揪著壁虎往大門走去，打開門要把壁虎放生的時候，就見到陳馥萱站在門前，「漂亮姐姐！」

陳馥萱一低頭便看見白虎興奮地舉起壁虎揮手，向她炫耀「功績」，只好笑著退開讓白虎先行。

「還是漂亮姐姐膽大啊。」白虎邊說邊下樓，讓壁虎跑遠一點，免得嚇著屋裡膽小的南朵延。

所以剛才的尖叫聲不是錯覺。陳馥萱又笑了笑，沒想到南朵延不怕鬼，倒是會怕小動物。

「妳怎麼又來了？」南朵延的小腦袋從沙發後探出來，彷彿要確定危機眞正解除，看到陳馥萱臉色一沉，才驚覺自己好像說錯話，「不是不喜歡妳來啦！只是怕耽誤到妳工作……」

自從十公里比賽之後，陳馥萱來得更頻繁了。

「當然是搞定了才來。」陳馥萱逕自脫下鞋子來到南朵延身邊，把她拉起來好好坐下，「任大哥呢？」

「去地府報到了，妳找他喔？」南朵延撇撇嘴。

「找妳。」像是哄孩子般的溫柔語氣，陳馥萱覺得南朵延喜形於色很有趣，「什麼聲音啊？」明明沒看電視，卻一直聽到有人在講韓文。

「啊，歐膩的直播！」南朵延想起被扔在床上的手機，急急忙忙撇下陳馥萱跑回房間。

陳馥萱緩緩跟上，只見南朵延坐在床上專注盯著手機螢幕的背影。

俯身探頭一看，陳馥萱在腦海裡搜索著螢幕出現的人到底是哪團的哪位成員，眼珠轉了轉，「她不是跟妳同年嗎？」

「這妳也知道？」南朵延驚訝地看著陳馥萱。

「當然知道。」陳馥萱可是做了很多功課，一看南朵延的表情她就知道自己沒認錯人。

「長得帥的都是歐巴，長得漂亮都是歐膩。」南朵延瞇起眼，甜甜地笑著，把焦點重新放回螢幕上。

「那我長得不夠漂亮嗎？」

「妳不一樣啦！」南朵延伸手輕輕推了推陳馥萱，像是嫌棄她似的。

陳馥萱無奈地站直了身子，剛好白虎放生壁虎回來，張開了胖胖的手臂討抱抱。

「漂亮姐姐，要一起看書嗎？」白虎眨著眼睛，一臉期待。

彷彿聽到背著他們的南朵延噴了一聲，陳馥萱覺得好笑，抱起白虎，「看什麼書呀？」

看白虎胖胖的手指指著書桌上的書籍，陳馥萱便抱著他坐在書桌前，陪他看繪本——只是白虎看的是繪本，陳馥萱看的卻是南朵延。

這一個多星期以來，陳馥萱就像真的成爲了死鬼萬事屋的一分子。她看著南朵延接下連串的委託，單是她所知道且完成了的任務，就包括註銷三個臉書帳號和兩個推特帳號、清空兩隻鬼魂的LINE對話記錄、協助鬼魂傳送一份他姐夫的出軌證據、在廚師鬼魂指示下煮了一桌菜給從沒吃過他做的菜的幼子品嚐、代替鬼魂出席前任的婚禮、讓漫畫家鬼魂畫完作品最終回並替她寄到出版社發布……

雖然都是些非常簡單的任務，除了南朵延差點火燒廚房以外，陳馥萱也沒能幫上什麼忙，更多的是正大光明地帶著微笑凝視對方，默默陪伴在側。

應該專注在螢幕上的南朵延，不經意地用餘光瞥了眼書桌的方向。

再遲鈍的人也明白這代表著什麼，只是任昭廷也在的話，當南朵延偶爾回頭，發現任昭廷偷偷凝望著陳馥萱的時候，就會覺得不管怎麼回應都不對，才會裝作什麼都不知道，這是她想到最能保護彼此關係的做法。

如果是剛認識任昭廷那時候，南朵延才不會在意他的想法，可是現在她在不知不覺中也把任昭廷視作親人看待了。雖然他有夠老，但在她眼中，任昭廷就像是另一個哥哥一樣，總覺得任昭廷傷心難過了，自己也會跟著沮喪失落。

不在現場的任昭廷並不曉得南朵延千迴百轉的心思，他再次被查察司傳召。他本已經做好最壞的打算，以爲查察司要追究十公里路跑引來惡鬼一事，連續兩個任務出問題，實在難辭其咎，還想著要用什麼理由來爭取繼續營運死鬼萬事屋……

沒想到查察司卻告訴他，觀音大士眞的與閻羅王碰面了，似乎也間接讓死鬼萬事屋能夠繼續運作。

查察司挑起一邊眉毛，「閻羅王聽了觀音大士的話，讚許你與你的轉世對他人慈悲、爲民著想，不懼困難也要一圓死者心願。」說罷才揚起笑容。

「其實是南朵延堅持接下委託的……」被誇獎得有點心虛，任昭廷甚至還拒絕過鬼魂的請求，要不是南朵延堅持，根本不會被觀音大士看見。

「看來現在你與轉世相處融洽了？」

任昭廷身影一滯，長吁了一口氣，笑著說：「她不也就是我嘛，我罵她不就是罵自己？後來我想通了。」

前世今生同時存在實屬萬中無一，任昭廷與南朵延就像是鏡子裡的自己，唇亡齒寒。

「眞釋懷了？」查察司拍了拍他的肩膀，「神明雖有神通，但有點與凡人很像——都有不同的面相。你們對外的、對內的、所追求的、所呈現的……儘管看起來很不一樣，卻都是你的一部分。」

「我明白，這也是大人要我跟南朵延共進退的原因吧？」

「人們以爲神明萬能，可他們不知道，他們的命運更多時候是掌握在他們手中。就像你們，若你們不願意有所作爲，即便我與陰律司想幫你們一把也是徒然。」查察司頓了頓，微微點頭，「遇到觀音大士是你們的機遇，據陰律司所說，南朵延的陽壽和魂魄皆已穩定下來。」意指任昭廷可以放寬心。

「對了，我怎麼想都認爲南朵延離魂一事應該與曹——」

查察司抬手打斷任昭廷，「曹嫚汝已然不在了。」

「什麼？我不明白。」

「灰飛煙滅，她被罰惡司斬殺了。」查察司餘光一瞥便曉得任昭廷心裡所想，「不可妄語。」即使覺得她是被滅口，也不可在沒有證據時指控。

就在昨晚，曹嫚汝來到錢仁鎬家附近，尋找下手機會時，被夜遊神發現通報，罰惡司迅速趕至，設下屏障成功將曹嫚汝困住。周遭的環境從普通住宅變成一片荒原，此乃罰惡司的幻術祕技。

曹嫚汝幾度嘗試逃跑，卻彷彿鬼打牆只能原地打轉，邁出三步便又回到原處。

「妳逃不掉，要不讓妳死個明白？」罰惡司原本空無一物的右手，在攤開手掌後，變出一把刀刃閃著光芒的寶劍。

曹嫚汝不服氣，死命盯著眼前高大的身影，想起剛死不久時，爲了找到錢仁鎬，不惜想方設法從鬼差手中逃出。被追捕之際，她看過眼前這個似乎高人一等的鬼。

「祢是怕被祢老闆發現上次沒抓到我，才惱羞成怒的，對吧！」曹嫚汝大概以爲罰惡司不過是一般鬼差。

的確，曹嫚汝起初本就是散發著淡淡紫綠暗光的小惡鬼，理應由鬼差押至地府審判，但因鬼差不足，那天只有一個還沒過試用期的新鬼差到來。

曹嫚汝耍了一些小詭計便把鬼差甩在身後，當時罰惡司也在場，卻遠遠看著未出手。不只那天沒有出手，後來曹嫚汝在醫院中試圖附身殺害救治過錢仁鎬的醫師，罰惡司也在場，然而那兩名醫師時運不算太低，她附身也拚不出全力，估計醫師沒有生命之虞，便又袖手旁觀。

畢竟要有惡鬼橫行，人間變得更亂，才有理由正當砍殺惡鬼，肅清陰陽兩界。最好還能除掉那些不該存在於世上的奇行種，例如殘魂和魂魄不全的人。在罰惡司眼中，他們根本是顛覆陰陽兩界的存在，應該被消滅。

曹嫚汝不知天高地厚的一番說詞，讓罰惡司失笑，「之前我放過妳，是想看妳有沒有以前的能耐，可妳眞讓我太失望了。」

「以前？我連祢是誰都不知道，快放我走！」

曹嫚汝試圖朝罰惡司衝去，卻怎麼跑都似在跑步機上，現在甚至連三步都邁不開。

「妳知道妳爲何非死不可嗎？」罰惡司嘴上掛著冷笑，向曹嫚汝投以玩味的眼神。

「我早已經死了不是嗎？祢哪根神經不對！」曹嫚汝顯得氣急敗壞。

「一千多年前，妳挾勢弄權，陷我主上的父親於不義，再接連弒殺兩代君主。如此厲害人物，死後竟然熬得過千年地獄之苦，重新投胎爲人。可笑的是，妳居然爲了區區兒女情長，白費了那一千多年的煎熬，看來無論投胎幾次，妳都戒不掉殺人的本性。」罰惡司瞇著眼，眼神如同獵人對白兔。

「一千多年前？我？」

「累犯如妳，死不足惜！」

沒給曹嫚汝幾秒疑惑時間，罰惡司只一個箭步，快得根本沒有看到揮劍動作，她便被一劍砍殺，灰飛煙滅。

得知曹嫚汝被斬殺，任昭廷並沒有感到一絲痛快，反而皺起眉頭，總覺得暗潮洶湧。

「別想太多，那不是你該思考的事。」查察司揚手，南朵延的樣子便出現在投影之中，「你現在該考慮一下自身的事。」

南朵延依然維持著背向陳馥萱與白虎的姿勢，只是偶像的直播已然告一段落，她還拿著手機，注意力卻落在坐於書桌前凝睇不語的人。

低不可聞地嘆了口氣，南朵延收起手機，轉身看向陳馥萱，「幹麼？」

「餓了，要吃飯嗎？」仍舊是溫柔的聲線。

沒等南朵延點頭，白虎一手抱著繪本，一手舉著拳頭比在胸前，跳到書桌上，「姐姐放心去吧，白虎會替妳守護這個家！」

「別學電視劇的人說話。」南朵延沒好氣地搖搖頭，「可是任昭廷還沒回來耶。」

陳馥萱愣了一下，無奈苦笑，「他又不吃……」

「姐姐去吃飯吧，白虎學會接待客人了，叔叔回來我會跟他說的！」白虎放下繪本，縱身一躍就來到南朵延眼前。

「你最近越來越會跳了，比貓跳得更遠。」南朵延伸手搓揉著白虎的臉。

「我是老虎不是貓！」白虎嚴正糾正，雙手撥開南朵延作怪的手，又跳到陳馥萱懷中。

南朵延輕哼了一聲，「別到時候我一回來滿屋子都是鬼。」

白虎插著腰也跟著哼了一聲，然後馬上回頭把臉埋在陳馥萱懷中求安慰。

「白虎會有分寸的。」陳馥萱摸摸白虎的頭，低聲問：「對吧？」

白虎用力點點頭，扭頭對南朵延做了個鬼臉，氣得南朵延牙癢癢。

從投影裡看著陳馥萱抱著白虎的模樣，和記憶中田靜抱著孩子的畫面重疊，任昭廷默然不語，發怔半晌，眼眶紅紅的，要不是鬼魂沒有眼淚，他早已淚流滿面。

「過去就讓它過去吧。」查察司揮一揮手，投影就消失了。

「讓過去好好過去，從來沒有那麼容易……」任昭廷抿著嘴，說釋懷嗎？卻又有些唏噓。

「放手才能眞正擁有。」

「那麼多年過去了，有時候等著等著，就不知道在等什麼了。」任昭廷甩甩頭，從鼻子深深吸氣，繃緊下巴，抬眼面對查察司，「只有愛是不夠的，勇氣、理解和尊重缺一不可，百年過去，我才學會這些，可另一個自己已經學會了。看著她得到幸福，好像也就夠了。」聲音低沉，語調很穩定。

「那就別打擾你的轉世了，隨我去視察一下人間，晚點再回去吧。」查察司微笑，上下打量任昭廷的衣著，「你轉世怎麼沒教你穿搭？」一抬手，便幫任昭廷換了一套衣服。

任昭廷撓撓頭，低頭看見自己穿著三件式合身西服，西服搭配復古絲絨大領片，異材質拼貼的設計，讓正式的裝扮少了幾分呆板，多了幾分優雅。

「要穿得這麼正式嗎？」

「去看看大人物的轉世啊。」

查察司丟了一個玩味的眼神，讓任昭廷摸不著頭腦。

另一邊同樣摸不著頭腦的還有南朵延。

「喏——」陳馥萱解下綁在重型機車上的防水收納袋，從裡頭取出一頂全新的安全帽，遞給站在身旁的南朵延，「看我們多幸運，氣象預報明明說整晚都會下雨，但就剛剛下了一陣，現在又變晴天了。」

「換新的啦？」南朵延呆呆地接過，沒想明白陳馥萱是什麼意思。

「這個以後就專屬於妳了。」

「什麼嘛……」南朵延端著安全帽察看，是頂噴上了時尚圖案、很好看的全罩式安全帽。

「送妳啊。」

「去吃飯就吃飯，幹麼送我安全帽？妳本來不是還有一頂能用？」

「那頂我給朋友了。」陳馥萱邊說邊戴上自己的安全帽，「之前載妳回臺北的時候，見妳戴起來很鬆，隨便一動安全帽就移位了，那時一定很害怕吧？想扶住安全帽又不敢鬆手怕掉下來。」

「我……才沒有害怕呢！」

「總之，我找了一頂很安全，還再加了內襯軟墊的安全帽給妳。上次去醫院的時候就想送給妳了，只是沒機會。」見南朵延沒有動作，陳馥萱索性伸手取回，笑著替南朵延戴上安全帽，細心地替她調整繩扣鬆緊，最後輕輕捶了一下，調皮地說：「剛剛好，很適合妳呢。」

只剩下眼睛露出來的南朵延眨了眨眼睛，突然覺得戴了安全帽好熱，臉頰也在發燙。

兩人來到一間裝潢很精緻的居酒屋，略過身邊滿滿的食客，陳馥萱熟門熟路地領著南朵延走進包廂。以竹爲主題的包廂有種古風典雅的感覺，桌子的側面還有一面垂下半簾的玻璃窗。

「想跟妳好好聊天，所以請朋友替我預留位置了。」陳馥萱剛在南朵延對面坐下來，便朝包廂門口揮手打招呼。

南朵延回頭一看，是個看起來像老闆的女性。

「妳……想說什麼嗎？」南朵延低下頭，假裝看菜單，在陳馥萱準備開口時，慌亂地說：「啊，那個那個那個……有有有點冷！應該要叫瓶酒來暖身才對！」

陳馥萱有點錯愕，笑了笑，招手請朋友過來點菜。

吃了些串燒，又喝了幾杯酒，南朵延的臉紅紅的，神情變得溫馴起來。

「我要開始說囉。」見南朵延沒有反對，陳馥萱定睛看向她的眼睛，「我們幾乎沒有磨合過，在一開始的時候就發出同樣的頻率，吸引著彼此共振。我們，是刻在彼此靈魂上的同伴，妳說對不對？」

「妳在說什麼啦！」南朵延輕輕打了陳馥萱一下，手就被陳馥萱抓住。

「妳不喜歡我嗎？」陳馥萱看著南朵延，彷彿能從瞳孔看見深處的靈魂。

喜歡嗎？南朵延害羞得別過頭，又馬上想到任昭廷，想起他在救護站時跟她說的那番話，莫名在意他的感受。

南朵延還在救護站休息，陳馥萱出去替她登記資料，任昭廷便走進來，坐在她身旁。

她有意無意地把目光投向任昭廷，只見對方盯著隔了好一段距離的陳馥萱。

南朵延抿抿嘴，再三權衡之後還是決定開口，故作輕鬆地試探：「別以爲我不知道喔。」

「知道什麼？」任昭廷扭頭看向南朵延。

南朵延朝陳馥萱的方向抬了抬下巴，「你喜歡她。」

「有差別嗎？」任昭廷笑著，突然親暱地伸手摸了摸南朵延的頭，「重點是，妳是不是喜歡她。」

「哪裡沒差別！明明是你喜歡她，關我屁事。」南朵延心裡咯噔一下，不知如何自處，只好鼓著臉頰拍開弄亂自己頭髮的壞手。

「妳不就是我嗎？」任昭廷長吁了一口氣，「我之前其實抱怨過，爲什麼非得跟妳綁在一起不可，我跟妳明明很不一樣啊，妳總是會做一些我不能理解的事，有很多奇怪的想法。可是……那眞的是我沒有想過的念頭嗎？好像不是，我明明也想按照自己的意願過日子，然而最後卻決定當一個別人眼中的我。思考到這，突然有點羨慕又有點難過，原來我也可以做自己啊，只是那時我沒有這樣選擇。」

「什麼跟什麼嘛……把話題扯那麼遠……」南朵延皺起眉頭，突如其來的眞心話讓她很不適應。

「反正，妳千萬不要跟我一樣窩囊，這輩子就放手去做吧！喜歡就喜歡，討厭就討厭，別管其他人怎麼看。喜歡就勇敢承認，不要害怕！」沒想到，任昭廷說了句很南朵延的話。

「屁啦！你才害怕，我連鬼神都不怕，才不會怕咧！」

但當她被迫面對感情的時候，還是本能地想要退後，爲什麼連承認自己的內心也需要勇氣？

「不會眞的不喜歡我吧？」

陳馥萱的問題把南朵延的思緒重新拉回來，才發現自己的手仍然被陳馥萱握著。

悄悄觀察周遭，確定任昭廷並不在場，南朵延才鬆了口氣。她晃了晃腦袋，沒有回應陳馥萱的提問，只是故作不經意地把手抽出，揚揚手請老闆給她們兩杯冰水。

「不是說冷才想喝酒暖身？」陳馥萱的臉上依然滿是笑意，似乎沒有被南朵延的迴避打擊到。

「這麼爛的謊妳還信啊？有點知識的人都知道喝酒不能暖身，喝多了只會排放體熱導致失溫。」

「妳這麼一句就傷很多人的心了。」

「是嗎……」南朵延若有所思地把玩著酒杯，「喝酒嘛，就是讓人有個不清醒的藉口，更容易透露心裡的事。」

「妳有心事？」

「不是妳有心事嗎？我看妳這幾天都不怎麼講話，還老看著我發呆，才陪妳來吃飯的。」

「啊哈哈哈哈，妳眞的好可愛。」陳馥萱伸手輕輕揉著南朵延的秀髮，雙眼瞳孔裡只有南朵延的倒影，「我想當妳的好朋友，也想當妳的女朋友。妳不需要再逞強，不需要再僞裝，也不需要爲了避免受傷而一直防備。

「以後當妳害怕的時候，我都在妳身旁；當妳開心的時候，妳能與我分享；當妳失落的時候，我能給妳擁抱。我想成爲能被妳依靠的人，一直陪著妳，直到慢慢老去。」

直至冰水端來之前，南朵延都不發一言。

「妳願意嗎？」陳馥萱追問。

南朵延沒有明確回答，只是反問：「妳什麼時候開始喜歡我的？」

「可能在第一次抱著妳的時候？」

「妳說……高空彈跳的時候？不就是初次見面……」

「雖然後來知道那時候是我媽附在妳身上，可我很確定當下陪著我跳下去的人是妳，我媽才不會哭哭啼啼的，還失儀大叫呢。」

「妳就糗我吧……」南朵延鼓起腮幫子，盯住裝有冰水的杯子外凝結的水珠。

「可是啊，明明害怕得要死，明明有很多次機會可以放棄，妳還是堅持下來了。那時我就覺得，這個女孩很可愛，很有魅力，很吸引我。」

「很……很有魅力嗎？」南朵延疑惑地抬起頭，陳馥萱是第一個這樣說她的人。

「嗯，很有魅力。一向樂觀的人當然很好，不過我更喜歡像妳這樣的，從不自欺欺人，即使很清楚最壞的後果是怎樣，即使會有情緒、有抱怨，仍舊每次都會努力去做，還會做到比要求的更多。雖然言行不一，但這也是妳的魅力所在啊。」

「會不會太快了？好像有點突然……」南朵延不確定自己有沒有陳馥萱說的那樣好，忽然之間，又好像變回那個沒有自信，只想縮在安全角落裡的自己。

要說快，其實也不快，她們甚至一起經歷過生死一線的危險時刻，只是要坦白自己愛人，承認被人愛著，好像也需要勇氣。

「妳不是很勇敢嗎？怎麼就怕了？」

「我勇敢……嗎？」

「很勇敢，非常勇敢。我覺得勇敢不是無所畏懼，而是明明非常害怕，卻依然選擇面對。就像那天，儘管哭紅了鼻子，還是堅持要跟我一起跳下去，也像妳明明知道幫那些鬼會有危險，妳還是幫他們了。」

陳馥萱從原來坐在南朵延對面，來到她身旁坐下，「妳在考慮什麼？」撇頭看著她的側臉，試圖讀懂她的情緒。

南朵延收在桌下的雙手無措地絞著，「我不知道這是不是對的……我第一次擁有了眞正的朋友，也是第一次聽到有人跟我告白……」

陳馥萱笑了笑，湊上前聽南朵延的心跳聲，「心臟很強壯地跳動著呢！心動了，這是眞的。」

「別……別別別鬧了！」

「怎麼就害羞了？」陳馥萱輕輕握著南朵延的手，「記得妳第一次主動抱著我的時候嗎？」

南朵延歪著腦袋，「騎車的時候？」

「妳坐在後座，因爲害怕而抱著我，那時我就想著，我的後座只能專屬於妳了，我想抱和被抱的人都是妳。」

「早有預謀的嗎……」

「如果要這麼說的話——是。」陳馥萱爽快地承認，「我很感謝白虎跑到我背包裡，這樣我才有藉口來找妳，跟妳好好認識，然後更確定我喜歡妳。妳呢？」

南朵延看著陳馥萱，又看向窗外，玻璃窗的表面還有一點水滴，證明著較早之前下過雨，但現在的天空一片清明，月亮又大又圓。

「我想，我當了二十四年的地獄級倒霉蛋，可能就是爲了遇見妳這個幸運的傢伙吧。」南朵延喃喃自語，頓了頓，緩緩回頭凝視陳馥萱，「雖然不知道這是不是對的，但是我想，這輩子就放手去做吧，我才不要到下輩子，才學會不要窩囊。」

契合的靈魂，會在共處時迅速感應到，那不叫一見鍾情，叫靈魂相認。

時而下雨，時而晴朗，那又如何？都是美麗的天空啊。

「就像是過去的遺憾都被圓滿了呢。」身處對面大樓三樓辦公室的任昭廷不由得感嘆。

查察司瞥了眼身旁一臉笑意的任昭廷，打趣道：「現在才知道你談戀愛時會這麼……嬌羞？」

被調侃的任昭廷勾起了嘴角，「用千里眼偷窺別人談戀愛算不算濫用神通？」

「這是善用等待的時間關心下屬的終生幸福。」查察司笑了笑，「果然是同一個靈魂，年輕人在用的形容詞是什麼……什麼黑……啊，腹黑！你的腹黑也慢慢被釋放出來了呢。」

眼。

「那大人可要小心了，說不定我也會開始不按規矩做事了。」任昭廷笑得瞇起

「別被人抓到把柄都好說。」查察司還想說些什麼，想了想又換了話題，「你知道嗎？或許當大人物成長到能獨當一面的時候，罰惡司也得退讓。」

任昭廷的好奇心被勾起來了，「罰惡司的剋星？」

「是罰惡司在世時的君主，他原本就位列仙班，這次轉世聽說是來人間歷練，或許能再創一番改革和成就，緩和各種族的矛盾，包括陰陽兩界。」

「天庭原來眞的有在做事啊。」

「不可妄語。」查察司睨了他一眼，看來他眞的放開心胸開始做自己了，「總之，願陰陽兩界從此平靜。」

窗外依然一片清明，又大又圓的月亮映照著這片土地。

正文完

番外
事業、愛情我都要！

「人選不多，你還要看這麼久？」福德正神蹺著二郎腿，坐在宮前的榕樹下，悠閒地搧著扇子。

瞧翻著文件的任昭廷愁眉不展，不知情的還以為他遇上什麼大麻煩了。

人間神職與地府神職一般不會干涉對方的事，但也有合作的時候。就像現在，仰賴著福德正神多年來在地服務熟知街頭巷尾的優勢，陰律司商請祂協助幫忙挑選適合加入死鬼萬事屋的人。

雖然地府也會挑選一批，然而真正被選的人出自哪裡可不一定，反正這次就算不採用，當有了名單，以後要合作或開新項目也能有人才庫備用。

「來來來！又不是天秤座，別選擇困難了。」福德正神索性大手一揮，把所有候選人的資料騰空攤開於眼前，看了一圈手指一點，其中一人的資料隨即放大，「這個吧！年輕力壯，又學過跆拳道，必要時能保護那丫頭。喔，他也追星，有共同話題。」

任昭廷仔細看了好一會，「不行，他喜歡的那團跟南朵延喜歡的那團是主要競爭對手，之前他們的粉絲就因爲什麼打榜還是投票問題，在網上吵得很凶……總之就是結下樑子了。如果只是南朵延個人不爽倒還好，可這位會跆拳道，萬一吵太凶大打出手而我又不在，南朵延那小身板可抗不住幾拳。」

「不是還有白虎？」福德正神拂一拂衣袖，換另一人的資料，「這個女孩子呢？跟南朵延差不多年紀，從小就又當班長又當學生會會長，是個品學兼優的好孩子。」

任昭廷還是搖頭，「她外形跟南朵延太像了，萬一變成情敵怎麼辦？」

「月老不是給了她們紅線？紅線牽得很牢，怕什麼？」

「南朵延的賣點就是可愛而已，待陳小姐發現同樣可愛的還有更優秀的人不就完蛋？我得爲南朵延的終生幸福著想。」

「那丫頭還有很多優點，你別看輕自己。」

「這不是看輕自己，是有自知之明……不過有時候，人眞的不太了解自己，但祢放心，我會慢慢學習，也想看看轉世的我會持續帶來什麼樣的驚喜。」

「能有這有這種感悟……不錯不錯，不是頑固的老古董了。」

「老古董？」任昭廷瞇起眼睛，一定是南朵延趁他不在時說的。

福德正神可不想爲兩位帶來紛爭，只好馬上把話題導回正軌，「啊，不然……這個呢？這個好了，聰明伶俐，長相也不太顯眼。」

「這位擅長農務和畜牧，好像不是常見任務裡會碰到的必須技能，何況她的弱項跟南朵延太相近了，既無法互補，也沒有協同作用。」

再選了幾個人，接連被任昭廷以各種理由否決，福德正神都想翻白眼了。

「我以為你要選搭檔，沒想到你是岳父選女婿啊。」祂實在忍不住調侃。

「我、我不是……只是事關重大，一旦選了就難換人……」

「這個呢？退休消防員，體魄硬朗、樂於助人、愛小動物，唯一缺點只是妻子前幾年去你們那報到了，不過……孤家寡人也可視作優點？」

「第二個缺點是年紀太大了，當南朵延老爸都綽綽有——」再不會看眼色都感受到福德正神向他投來怨念的目光，任昭廷假裝看向不存在的手錶，「啊，先告辭了，我要回去跟她出任務，下次再聊！」

說罷，趁福德正神還沒伸手抓他之前先一步逃跑。也就現在的他敢這麼做，換作以前墨守成規的他，才不敢在神明沒有示意可以離開前就溜走呢。

✦

死鬼萬事屋人手不足的問題，對任昭廷和南朵延來說，都是種困擾。

為了排半天休假，南朵延只得把工作都分配到休假前後的日子，比之前二十四年的人生還更勤勞。

為了節省出任務車程的來回時間，南朵延一點也不心疼錢包，果斷坐計程車出發。她駕輕就熟地戴上耳機，「我還是想不太明白，爲什麼周郁雯是被鬼……是被押過來的？」

不同於搭乘大眾運輸，計程車的車廂空間小，跟任昭廷對話也得斟酌一下用詞，避免又被當成奇怪的人。

「因爲殺人是罪，無論是殺別人還是殺自己。不過最主要是因爲她還沒接受審判，所以不能讓她到處跑。」任昭廷可以暢所欲言，反正司機聽不見。

「原來是交保候審的概念啊！我還想說之前許宥琳都殺過人了還不是自己來……」

話語剛下，南朵延便在後視鏡看到司機向她投來八卦的目光，只好不自然地假裝清喉嚨，迴避對方的視線。

「像白虎那樣加急審判的個案很少，大多都要排隊一段時間，只是狗狗快到輪迴時間了，不能等到周小姐審判完畢。」

「所以說你們這些官還算有點良心嘛。」

「妳啊……本來拯救眾生就是首要。」

「可很多民眾的苦難還不是你們當官的搞出來的？嘖嘖嘖——」

「妳以後就會知道神明給予眾生很多自由，人們的命運更多時候是掌握在他們手中。神明只能引導，不能強迫人們如何選擇，就算是天災，某程度也是人——」

「好了好了，讓我睇一下，別碎念了……」

閉起眼睛，順便閉起耳朵，要是白虎在就好了，至少可以揉捏他的臉。南朵延輕輕嘆氣，可惜委託的對象怕貓。

這次造訪委託人的家之前，已先讓任昭廷派紙人查探過，確保任務進行時不會再有人來干預，南朵延可不想又被砸破頭。

鬼遮眼很好用，在保全眼底下光明正大混進社區非常簡單，可要是有活人直接擋在目標家的大門，那就不好辦了。遮掩住南朵延沒有用，她得讓那人離開才能進入，她又不能像任昭廷那樣穿牆。

「有賊！」南朵延下意識大喊，說完才後知後覺擔心對方搞不好有武器在手。

「我不是！」

站在委託人家門前的是個衣著不修邊幅、鬍渣也不剃的痞子樣男人……這人到底是怎麼混進來的？這種打扮實在很可疑。

「那你鬼鬼祟祟在幹麼？」南朵延警戒地看著男人，緩緩朝他靠近，卻在對方伸手往口袋掏的時候急忙往後退。

「不是……我沒惡意啦，沒武器，只是想拿名片給妳。」男人揚著手中的紙片。

「可以過去，妳今天氣運很好，不用擔心，而且還有我在。」

南朵延白了任昭廷一眼，有他在有屁用？他不出手的話還不是照樣會被砸。

她小心翼翼往前走了幾步，伸手搶過名片後，機警地退後拉開距離。

偵探鄭賢佑，是徵信社的人？南朵延抬起一邊眉毛，從頭到腳打量著眼前約莫三十來歲的男人。

見南朵延還是一臉懷疑，鄭賢佑又說：「我是偵探，接到委託要來查一些事，這次來只是想看看有沒有什麼線索。」

「巧了，我也是接到委託，但我可是得到住戶的同意，你有嗎？」

「妳是同行？」

「比你們徵信社的服務更包羅萬象，不過你可能要到死了之後才有機會使用我們萬事屋的服務喔。」

南朵延那張乖巧的臉配上輕鬆愉快的語調，完全不像在說什麼毒舌的話，鄭賢佑甚至都懷疑自己聽錯了，只有一旁的任昭延直搖頭，「不要造口業……」

「讓開啦，別妨礙我工作。」又被念的南朵延撇撇嘴，雙手推開擋在門前的鄭賢佑，輸入密碼時還用手擋得嚴嚴密密，「別想著進來，我打飛你喔！」

進入房子之後，南朵延還幾次回頭確認鄭賢佑沒有跟來。

沒有得到主人許可的鄭賢佑倒是守規矩……要是沒有南朵延的出現，他說不定真會踩過界想方法潛入房子。

委託人的黃金獵犬果然在家裡守著，變成鬼魂依然對主人忠心耿耿，一見外來人闖入臥室，就警惕地盯住南朵延和任昭延。

「乖狗狗，你真的在這裡等主人——別咬我！」南朵延才蹲下來要跟狗狗平視，便被突然向她撲來的狗狗嚇倒，一屁股摔在地上，連連後退。

任昭廷忍不住扶額，「牠咬不到妳……」

南朵延定睛一看，狗狗撲上來只會穿過她，別說咬，連碰都碰不著，「對喔，牠又咬不了我……」

沒有養寵物的經驗，南朵延索性把遊說工作全丟給任昭廷，畢竟在很多很多很多年前，任昭廷養過狗。再不行的話，任昭廷也能直接強行施展神通把狗狗帶走交到鬼差手中。

狗狗有靈性，只花了一點時間，便跟著任昭廷走，尾巴還高高搖著。

收工！南朵延下班心情特別好，看見鄭賢佑還在門口站著也沒有不耐煩，笑著問：「你還在呀？說吧，你要查什麼？」

「周郁雯的死因。」

「不用查了，百分百絕對是自殺。」

「世事無絕對，她的死因很可疑，不——」

「我說眞的，她是自殺。你不相信的話可以繼續查，但現在我要離開了，也要關門了。」南朵延搖搖頭，周郁雯的鬼魂她都見過了，要不是自殺也不會被拘押。

「等等！幫我拍幾張臥室的照片可以嗎？」怕南朵延不答應，鄭賢佑又急忙說：「幾張不行就一張？拜託了！」

南朵延不經意地看向任昭廷，得徵求同意，不然又要怪她被扣功德值。

得到首肯之後，南朵延才不情不願地奪過鄭賢佑的手機折返臥室，雖說不情不願，卻四個角落都走了一趟，拍下不同面向的照片。

「謝謝！」鄭賢佑看來也很滿意。

「有收穫就快走吧，不然我要叫保全囉。」南朵延關上門，用眼神示意對方按電梯。

「妳是靈媒嗎？」鄭賢佑突然開口，見南朵延露出驚訝表情，才又接著說：「周郁雯的狗已經死了，跟她同一天……別這樣看我，我乾爹年輕時是乩童，雖然我一向都不太相信世間有鬼，可就算有，我也不意外。」

「是彼岸代理人。」南朵延抬起下巴，一臉神氣。

抱著狗狗的任昭延斜睨著她，也不知道是誰當初非常嫌棄這個職稱。

把男人「送」出社區之後，南朵延才覺得任務真的完成了。

任昭延笑了笑，有時候真覺得，與其說南朵延是他的轉世，她更像他的女兒，看著她有所長進，還會露出爸爸欣慰的微笑。

「你最近很奇怪。」瞥見任昭延笑容的南朵延不太習慣，「笑容變多了。」

「這不是好事嗎？妳曾說不喜歡我總板著臉。」

「所以……你的執念解決了？」

「可以這樣說。反正我覺得像現在這樣挺好的，我也能抽空看看這個世界，體驗更多。」

「你……萱萱就是你喜歡的人的轉世嗎？」趁著氣氛愉快，南朵延假裝閒話家常般問及一直放在心裡的疑問。

「不知道，我又沒權限查看三世書。不過無論答案如何，都不重要了，每個人有每個人的孽障因果，我若與她尚有未了的緣，再下輩子也能繼續與她再續前緣，妳就別操心了。」

「你真的看得那麼開嗎……那別怪我小人之心喔，先警告你不准對我家萱萱有非分之想，否則……」南朵延歪著頭，一時間想不出能嚇唬人的話。

「否則？」

「否則……我、我會罷工喔！還會跟福德歐巴和帥大叔告狀！」毫無威脅性的警告。

「頭一次見識自己吃自己醋的人呢。」任昭廷也學會調侃了。

「不不不！這方面絕不妥協，才不要跟你是同一人，我就是我！哼！」

「好好好，妳說的都好。」頓了頓，任昭廷指著南朵延的手機，「所以妳願意認眞看看想租哪裡了嗎？」

差點又把正事忘記。南朵延拍拍自己的小腦袋，開始瀏覽租房網。

南朵延現在的家與工作場所合二爲一，其實很打擾她的作息，鬼又特別喜歡在夜裡找上門，如果剛好任昭廷不在場，就沒有人爲她攔截專屬門鈴的聲音，也就沒辦法好好休息。

任昭廷跟財神周旋了一下，才獲批額外租屋預算——預算不太多，不能閉眼挑。

「這個，便宜。」南朵延笑起來。

臺北市鬧區二樓的店面，二十坪空間，月租才五千元，放在租房網上近兩個月都租不出去。任昭廷看租金如此低，不禁定睛再三確認。

「便宜成這樣，一定有鬼。不是詐騙就是有眞的鬼，正好給你提升業績。」以前的南朵延才不會選這樣的房子，但現在的她天不怕、地不怕，鬼神也沒在怕，天塌下來讓任昭廷扛住就好。

「抓鬼不在我業務範圍……」

「可是這個眞的很便宜啊！」南朵延點開地圖，「離捷運站和福德歐巴分靈的位置都不遠，既方便又有人罩，一舉兩得。」

「妳喜歡就好，決定好了的話就跟房仲約時間吧。」

「待會直接殺過去看就好了呀，坐捷運過去也才二十分鐘左右。」

「兩點了。」任昭廷指著手機螢幕頂部的時間，見南朵延一臉茫然，又說：「妳不是跟陳小姐有約？」

「靠，你不早點提醒我！」南朵延用力拍拍自己的金魚腦。

最近陳馥萱參演的電影上映，宣傳用的幕後花絮有幾分鐘是陳馥萱的特技演出，片段在網絡上發酵，被媒體形容爲「最美最颯特技演員」，在社群平臺一直傳播。

於是，陳馥萱開始有知名度，工作量也隨之增加，前幾天還接到第一支個人廣告代言。這天好不容易才排出時間跟南朵延約會，結果南朵延忙昏頭，差點就令半日假期泡湯。

「都你啦！就說請一整天的假嘛，這樣就絕對不會忘記了。」南朵延在趕往電影院途中，不忘抱怨任昭廷。

把行程都集中一起，搞得那麼忙就是爲了約會，要是最終不成就太虧了。任昭廷當然也明白這點，才會好心提醒南朵延。

被抱怨也沒有什麼，習慣就好。任昭廷聳聳肩，「送妳到電影院我就先回去了，不好讓白虎顧太久。」

當南朵延氣喘吁吁趕到的時候，戴著鴨舌帽和口罩，穿得一身黑的陳馥萱也才剛抵達。

「朵延！」陳馥萱原本貼著牆邊低頭走路，儘量不惹人注目，抬眼一看到南朵延，馬上笑逐顏開興奮揮手。

南朵延被陳馥萱逗笑了，也不知道是要低調還是要高調，附近好些路人聞聲都看向陳馥萱了。

眼中只有愛人的陳馥萱，過了幾秒才察覺到路人們的目光，連尷尬都慢半拍。儘管被注目，她還是帶著輕快的步伐來到南朵延身邊，親暱地挽著她的手臂，低聲笑著說：「充電！」

之前南朵延就問過陳馥萱，爲什麼總喜歡挽著她？那時的陳馥萱俏皮地回答「電量過低，需要充電」。

挽著手走到售票處排隊，南朵延發現越來越多人向她們投來關注的視線，忍不住小聲抱怨：「妳這樣穿，不認識妳的人都會覺得妳是明星耶……」

「會嗎？我穿得很低調……」甚至連鴨舌帽和口罩都選了黑色。

「就是過分低調，在人群裡頭反而更明顯了，欲蓋彌彰啊。」

「妳成語好好！」

「這不是重點啦！」但被誇獎的人還是臉紅了。

南朵延本來心情大好，可在聽到售票員說的話後，笑容全然消失了。

「不好意思，《玫瑰與黑皮諾》今天所有場次都售罄了，要換別的日期嗎？」

她們兩個最近都很忙，要再另外排出時間的話，南朵延又要把工作排滿，陳馥萱不想壓縮到她的休息時間，「現在有別的電影可以看嗎？」

「同時段只有《恐懼的要素》還有座位喔。」

陳馥萱瞥了一眼，乾脆地下決定：「就看這個吧。」

不同於陳馥萱，南朵延顯得興致缺缺，無法一起觀看陳馥萱參演的電影全是她的錯，「對不起，都怪我忘記訂票了……不過我們平日見的鬼還不夠多嗎？還要看假的鬼喔……」

陳馥萱俏皮地用手指點了點南朵延的鼻尖，「傻瓜，有時候看電影才不是爲了看電影呢。」

看電影不是爲了看電影？難道是爲了在電影院吹冷氣嗎？南朵延歪著頭不理解。

「雖然妳癟著嘴很可愛，可我更喜歡妳笑的時候！」見南朵延依然一臉不樂，陳馥萱又說：「給妳個將功贖罪的機會，去買爆米花吧，我要冰拿鐵。」

「收到！」南朵延瞬間挺起胸膛快步跑去執行任務。

看到南朵延這樣，陳馥萱笑得眼睛都瞇起來，自家小女友太可愛怎麼辦？都想放上網跟不認識的人炫耀了。

原本南朵延的心情已經轉好，但當她拿著爆米花折返的時候，卻見陳馥萱已經被路人們團團圍繞索要合照、簽名。

她第一次眞正感受到，陳馥萱確實開始走紅了啊，自己喜歡的人也被別人喜歡了。不只心裡酸溜溜的，更有種陳馥萱再也不屬於她了，是屬於大眾的感覺。

她在她的心中以後可能不再那麼特別了。

渺小的自尊心作祟，南朵延垂下頭，默默往後退，不小心撞到別的路人，手中的爆米花灑了點出來。她看著地上的爆米花下一秒被路人踩過，彷彿她那微不足道的愛意。

遠遠就發現南朵延，卻見她不只沒有走近，反而越退越遠，急得陳馥萱簽名的字越來越潦草，也終於拒絕接下來的合照要求。

「簽名和合照就到這裡吧！很抱歉啊，我女朋友在等我，電影也快要開始了，眞的不好意思。」她話說得客氣，同時藏著堅決。

「女朋友？」路人們驚訝。

「對！女朋友，很可愛的女朋友！」她語氣帶著笑意，滿滿的驕傲。雙手合十表面上是跟大家表達歉意，實際上，陳馥萱是想把擋路的人都排開。

片刻後，她終於從人群中擠出來，匆匆來到南朵延面前，「買好了？不買飲料嗎？」

「店員說待會送過來……」

「那我們走吧！」陳馥萱再次挽著南朵延，大步進入影廳。

南朵延心不在焉，低頭看著被挽著的手臂，思考著自己到底有什麼優點能吸引陳馥萱。直到入座，她又想到另一個問題，「這樣……要怎麼吃爆米花……」

「啊——」陳馥萱伸手越過南朵延，抓了幾顆爆米花，像哄小孩一樣，親自餵食，「好乖。」

手指不經意地觸碰南朵延的嘴唇，讓容易害羞的人耳根發紅。

「妳鬆開手不就好了……」

「才不要放手，要把妳牽牢才行，不然有膽小鬼會想逃。」

「我……」

「南朵延，聽好了——」陳馥萱故意頓住，等南朵延下意識把耳朵湊近，才把嘴唇貼在她耳邊，低聲說：「我愛妳。」

一直撇嘴不樂的南朵延，終於抿著嘴角笑起來。

果然，看電影也可以不是爲了看電影。談戀愛最重要的不是做什麼，而是跟誰一起做。其他觀眾都因爲劇情而心驚膽顫，而她們則爲了對方怦然心動。

即使南朵延不被音效、特效嚇倒，情緒也會因爲劇情而起波瀾。

「沒想到鬼片這麼好哭……嗚嗚嗚……」散場的時候，南朵延已經哭到用光整包面紙。

「妳怎麼那麼可愛？」陳馥萱想著，連南朵延被嚇倒的時候也很可愛，每秒都想把她擁入懷的那種可愛。

「虐童的渾蛋都給我送去地府審判吧！啊不不不——罰惡司直接把他們都砍殺掉吧，我沒意見。」

「哈哈哈，別讓任大哥聽到。」陳馥萱翻找著包包卻沒找到新的面紙，只得伸手拭去小哭包臉上的淚，「好啦，別哭了，我們下次看《請勿逗留靈異百貨》？聽說是喜劇，快上映了。」

「吼，喜妳個頭啦，還不是鬼片！」南朵延嘴巴抱怨，卻笑起來了。

「眞的是輕鬆搞笑的片啦，保證好看！我朋友在裡面演玉清天尊喔。」

「可是還是要先看《玫瑰與黑皮諾》，裡面有妳……」

「好——」陳馥萱伸手摸了摸小哭包的頭，「妳想看的話，我隨時都可以表演給妳看。」

信手拈來都是情話，南朵延聞言抿著嘴，無法遏止想要上揚的嘴角。

晴朗的的黃昏時分，連百貨商圈都被染成了一片溫暖的橘黃色，那些高樓大廈的玻璃窗反射夕陽的光芒，像無數的星星閃爍著金光。

陳馥萱牽著南朵延的手，漫步在街道上，聽著遠處街頭藝人的自彈自唱，感受著微風輕拂臉龐，心連著心，戀愛氛圍比全糖珍珠奶茶更甜。

走著走著，南朵延的腳步慢下來，視線看向路邊大排長龍的冰淇淋攤販。

陳馥萱不用細想也知道南朵延想吃冰淇淋，但又不好意思拉著她一起排很久的隊。她索性停下來，指著路邊的冰淇淋攤，「看起來很好吃，妳想吃嗎？」

南朵延眼睛一亮，馬上又轉爲疑惑，「妳想吃冰淇淋？」沒聽說陳馥萱喜歡甜食啊。

「這個時候就是要吃冰淇淋啊。」陳馥萱眨了眨眼睛，揚起明媚的笑容，不等南朵延答應，就拉著對方去排隊。

有彼此陪伴，等待的時光也不無聊，從排隊到得到冰淇淋，彷彿才幾秒鐘的時間。

「妳都不知道，現在都什麼年代了，還有人說自己是偵探，也不知道是看太多福爾摩斯還是金田一……」

南朵延把早上出任務的事說得繪聲繪影，偶遇的鄭賢佑被她形容到像個地痞流氓一樣的中二病人士，逗得陳馥萱合不攏嘴。

雖然故事很有趣，但陳馥萱忍不住打斷她，「小朋友，妳的草莓冰淇淋要融化了，先吃再說。」

「妳才小朋友咧！」

「草莓是小朋友口味啊。」

「我還沒說妳是吃牙膏咧！」鬥嘴這回事，南朵延是常勝將軍，從沒吃過敗仗。

陳馥萱看著自己的薄荷巧克力默然，心裡想要反駁，薄荷檸檬才像牙膏吧？

「來，吃一口，啊——」陳馥萱取一勺冰淇淋，送到南朵延的嘴邊。

「我才不要吃牙膏咧！」罕有地被瞪了一眼，南朵延委屈巴巴地張開嘴，吃完滿臉嫌棄，「謝了……但草莓還是最棒的！」

兩人散步回家，從黃昏走到夜幕降臨，在一起的時間總是過得特別快。

只是走到巷口的時候，南朵延忽然停下來。

「嗯，怎麼了？想起有東西要買嗎？」陳馥萱問。

南朵延的住家是在華廈頂樓，不遠處的鬼居然已經從上層排隊排到樓下大門之外。白虎剛下樓梯維持秩序，抬眼便看到南朵延和陳馥萱。

「姐姐、漂亮姐姐，妳們回來啦！」白虎丟下那些鬼，跑到她們跟前。

南朵延假裝什麼都沒看到，猛地拉著陳馥萱轉身，「欸，我們去吃甜點好不好？」

「才剛吃了冰淇淋呢……」

「好嘛、好嘛——」

「妳無視白虎，他會傷心的。」陳馥萱笑了笑，覺得逃避工作的南朵延也很可愛。

「掃興……」南朵延撇撇嘴，蹲下來伸手搓揉著白虎的臉，把他的臉都搓到變形了，「不幹啊不幹啊——鬼都堆滿街了，任昭廷那傢伙都不管管嗎？我明明請了半天假，這是要累死我喔？」

路過的外送員意味深長地瞥了南朵延一眼，在路人視角裡，只看到南朵延捧著貓咪的臉發牢騷。

「抱歉，最近工作太忙，沒辦法——」

南朵延連忙打斷陳馥萱，「又不是妳的錯，妳工作越忙越好啊，代表妳的努力被看見了，超讚的！就是不知道那傢伙到底跟帥大叔講好增加人手了沒有，我就算會影分身之術都搞不定這麼多鬼啊……」

「講了。」任昭廷無預警地突然現身。

「嚇死人了！你嚇死我你也會死喔！」南朵延嚇得往後倒，幸虧陳馥萱接住她。

「抱歉……」任昭廷摸摸鼻子，下次得控制好距離才行，「近期一定會安排增加人手，適合與地府對接的人太少，不過已經在最後篩選階段了。」

「欸！我突然想到，那個鄭什麼行嗎？他又不怕鬼，似乎能屈能伸，還有點腦袋？來個真男人來做粗活也好呀，雖然邋遢了點……」

看著南朵延一臉嫌棄地提出建議，任昭廷也得想一想才知道她到底是想要還是不要。

「如果他在名單之中，我再向查察司建議。」

「別如果了，你現在就去查，我跟萱萱先去吃晚飯哇！」南朵延拉起陳馥萱就往華夏的相反方向跑。

「這……」任昭廷深深吸了口氣，「白虎，繼續發號碼牌。」說罷，拂一拂衣袖，原地消失。

「吼，欺負人……天氣好都不能去跟貓貓玩……」相處的時間長了，白虎講話的口吻也越來越有南朵延的味道。

無論晴空萬里還是風雨交加，世界依然在運轉，人們依然在生活。神明也好，鬼魂也好，都不會停止，生活中的一切均是如此。

「歡迎光臨死鬼萬事屋！只要用功德値作爲代價，就能換取一個了結心願的機會喔！本服務僅限鬼魂申請，還沒變成鬼的人們，趁在世多做點好事吧！」

後記

就算跟南朵延一樣倒霉還是要努力活著啊你！

嗨，我是姬雪，感謝購買《死鬼萬事屋》的你，更感謝閱讀完整個故事的你。

去年在網上閒逛的時候，看到有人問現在還有新人是投稿成功出版的嗎？那時候我想到的例子是我身邊的作家朋友們，不是我。

很多人都說，現在的市場對新人作者不太友善，就算在網上連載有點名氣，累積了一些讀者，出版社也不見得會願意投資在新人身上，出版實體書比以前更困難。

即便如此，現在的我也可以跟大家說，投稿還是有用的，《死鬼萬事屋》並不是小說比賽出來的作品，而是投稿的作品。這件事側面證明了，其實故事夠好，出版社還是願意給予機會。

儘管我不算年輕也不算新人了，頂多算是素人？但這的確是我第一本在臺灣出版的商業實體作品。

雖然在學時我曾是某大寫作平臺的簽約作家，然而即將畢業準備工作的時候，就幾乎完全停筆直至二〇二二年。

我想，疫情應該是很多人的人生轉捩點，包括我。我是在疫情發生之後，才開始認眞思考我眞正想要的是什麼。

或許，我還是那個國中就嚷嚷著長大要成爲作家的那個我。

因緣際會，現在的我不需要太顧慮經濟因素，可以全心投入寫作，於是從二〇二二年開始，我重新執筆創作。

每個人的的步調都不一樣，看起來我比別人落後許多，但那些爲了工作賺錢、爲了創業打拚而走過的彎路，其實都是現在寫作時的養分。回頭檢視，我還是滿感恩過去的我，成就了現在的我，讓我更有底氣也更有資本持續寫作。

回歸創作跑道兩年時間就得到了出版機會，我深知已經比很多人都幸運，所以我很珍惜這個機會。未來，我也會繼續努力讓作品變得更好。

《死鬼萬事屋》這個故事原本是爲了參加「野草計畫——編導人才創意戰」而寫的，野草是個影視項目，所以不是以小說的模式去寫。

說來有趣，才剛回歸創作不久我就投稿參加野草，都投稿了才想到應該要去上編劇課。

於是在比賽進行期間，我還在上華視的編劇課。其中一課的客席老師正好是第二屆野草評審獎的得獎前輩，被他開玩笑說我不該坐在下面，應該站在這裡（台上）教學才對，哈哈。

可能在影視行業裡工作的人都知道，最近兩年要開戲並不容易，亦有好些影視作品已經拍完但還在庫存裡。而這個我很喜歡的故事，雖然有幸獲得野草的評審獎，可遲遲未能簽約開發也讓我有點焦慮。

有影視業的大前輩建議我把故事寫成小說。反正寫小說也是我擅長的事，我便聽從他的建議，把《死鬼萬事屋》修改成更適合在小說呈現的模樣。

改寫成小說的《死鬼萬事屋》果然得到了出版社的青睞，不過因爲一些非創作相關的問題，使簽約出版遇到困難，一度令我感到氣餒。

只能說有時人太好容易被欺負，作爲創作者眞的需要更懂得如何保護自己，多認識相關的法律條文，絕對是百利而無一害。

偶爾我也在想，如果我是個怕事的軟柿子，又或者我沒有資本去請律師維護我該有的權利，那麼，是不是只能把這個我所喜愛的原創故事拱手讓人，甚至令它無法重見天日？萬幸，這個情況沒有發生。

殺不死我的只會讓我更強大，哼！

就算那時的我，倒霉到好像還沒遇到任昭廷時的南朵延一樣，可我還是很感恩過程中得到很多人的幫助。

感謝出版社給予機會，感謝責編努力協調，感謝當初遇到困難時提供意見和幫助的朋友們，這本書的出版可謂一波三折，但還是成功出版了。

創作最開心的是創作本身，只要我還會享受從零到一的樂趣，我想我就會繼續寫下去。

不知道你有沒有發現《死鬼萬事屋》裡面藏著的一些小彩蛋？有些哏比較吃電波，如果你能發現它們，我會非常高興。

希望你喜歡《死鬼萬事屋》，更希望你在閱讀這本書的時候，會感到療癒，得到一點力量，可以爲你打打氣。就算跟南朵延一樣倒霉還是要努力活著啊你！

再次感謝閱讀到這裡的你，有空可以來我官網或專頁找我玩喔！下一本書見！

姬雪

國家圖書館出版品預行編目資料

死鬼萬事屋／姬雪著. -- 初版. -- 臺北市：POPO原創出版，城邦原創股份有限公司出版：英屬蓋曼群島商家庭傳媒股份有限公司城邦分公司發行, 2024.08
面；　公分. --
ISBN 978-626-7455-33-3（平裝）

857.7　　113011781

死鬼萬事屋

作　者／姬雪
責任編輯／林辰柔　行銷業務／林政杰　版　權／李婷雯

內容運營組長／李曉芳
副總經理／陳靜芬
總　經　理／黃淑貞
發　行　人／何飛鵬
法律顧問／元禾法律事務所　王子文律師
出　　　版／POPO原創出版
城邦原創股份有限公司
台北市南港區昆陽街 16 號 4 樓
電話：(02) 2509-5506　傳真：(02) 2500-1933
email：service@popo.tw
發　　　行／英屬蓋曼群島商家庭傳媒股份有限公司城邦分公司
聯絡地址：台北市南港區昆陽街 16 號 8 樓
書虫客服服務專線：(02) 25007718・(02) 25007719
24小時傳真服務：(02) 25001990・(02) 25001991
服務時間：週一至週五09:30-12:00・13:30-17:00
郵撥帳號：19863813　戶名：書虫股份有限公司
讀者服務信箱 email：service@readingclub.com.tw
城邦讀書花園網址：www.cite.com.tw
香港發行所／城邦（香港）出版集團有限公司
地址：香港九龍土瓜灣土瓜灣道86號順聯工業大廈6樓A室
email：hkcite@biznetvigator.com
電話：(852) 25086231　傳真：(852) 25789337
馬新發行所／城邦（馬新）出版集團 Cité(M)Sdn. Bhd.
41, Jalan Radin Anum, Bandar Baru Sri Petaling,
57000 Kuala Lumpur, Malaysia.
電話：(603) 90563833　傳真：(603) 90576622
email：services@cite.my

封面設計／也津
電腦排版／游淑萍
印　　　刷／漾格科技股份有限公司
經　銷　商／聯合發行股份有限公司
電話：(02)2917-8022　傳真：(02)2911-0053

■ 2024 年8月初版　　Printed in Taiwan

定價 / 320元

ISBN　978-626-7455-33-3

城邦讀書花園
www.cite.com.tw